萬鏡樓

趙柏田短篇歷史小說

趙柏田・著

萬鏡樓

005 明朝故事
027 萬鏡樓
059 三生花草
081 我在天元寺的秘密生活
097 一個雪夜的遭遇
111 秘密處決
121 紙鏡子
137 跋

明朝故事

去年冬天，在S城召開的歷史學年會上，我認識了年輕的大學教師史浩。他很靦腆，見誰都稱老師。但他宣讀的論文卻讓與會者都大吃了一驚。這篇論文叫〈釘進雙耳的錐子〉。還有一個副題很長：徐渭和他生活中的兩個女人。從我這個學科的規範來看，這幾乎算不上一篇嚴格意義上的論文，但我不得不承認，小夥子的身上有一種我暗暗喜歡的東西，我說不清那是什麼，但他的驚人之論比那些四平八穩的陳調爛腔無疑要有趣得多。

我留神聽完了他半個多小時的宣讀，發現他對徐渭這個明朝偉大的畫家和詩人有著極大的偏見（譬如他稱徐渭是一個不折不扣的偽君子），又對徐渭的兩個妻子潘氏和張氏有著過火的熱情（這在一個歷史學者的身上出現是多麼的不應該）。現今的學術空氣不太好，專門有一些年輕人靠為古人做翻案文章來使自己揚名天下，但看他的樣子又不太像。史浩個子不高，白臉，頦下的一顆小痣上長出的幾根鬍髭顯得格外的黑。應該說說的是他的眼睛，這雙眼睛裡沉澱著，像石頭一樣沉靜的某種東西。我知道，有著這樣的眼睛的人在俗世的某些方面或許是無能的，但他們一般都有著極高的天分，有著不為外界所左右的堅硬的信念。我準備在會議的間隙跟他接觸一下，他有著這樣出色的講故事的才能，索性還是去做一個小說家，我不希望讓陳腐的歷史學毀掉一個可能是非常優秀的作家。

我乘電梯上十一樓，史浩就住在這一層。他開門見是我，顯出了很吃驚的樣子。臺燈下散亂地攤著一疊文稿，看得出來在我進來之前他在寫些什麼東西。他飛快地收了起來。我正猜想他在寫些什麼，他說：「這是論文的全部，今天會上的發言只是一個三千字的梗概。」我稱讚了他是一個用功的好青年，關於這篇論文，我告訴他，本人很想知道有關史料的出處。史浩的眼睛活了，裏面有魚一樣的東西在游動。根據史浩的陳述，有關徐渭的這些史料出自他的一位遠祖的筆記。他的這位祖先和徐渭是遠親，曾跟徐渭學過畫，也是一位頗有名望的畫家。這些筆記證明了，民間傳說中把徐渭描繪成一個促狹鬼和小氣精都是事出有據的。一般都認為，徐渭在晚年因癲狂以雙錐刺耳，自殘軀體，但——史浩說——筆記的記載並非如此，事實上是徐渭把這兩隻鐵錐分別刺進了他的前妻潘氏和繼室張氏的耳中。他是一個殺人犯，一個偽善者（關於這一點史浩說以後有機會再談）。這部叫《不名居叢談》的筆記在明萬曆初年就有了掃石山房的刻本，因散佈不廣很快就湮滅無聞了。民國初年江浙藏書家徐散原曾從書肆購得一部，後徐氏藏書毀於戰火，幾十年中，就再也沒有人見過此書。史浩聲稱，現在他的手上就有他先祖的這部筆記，不過已經是殘頁了。他準備在一個合適的時機把這些殘頁公諸於眾，今天的會上，他只是投石問路的一個試探性舉動。說著這些的時候，史浩出神地盯著窗外，就好像他說到的那位遠祖在窗外的夜色中閃現。

「歷史是來不得半點虛假的，我可以指出你語句中不少的漏洞，但我不這樣做了，年輕人最要緊的是要學會誠實。」

他在冷笑，「你以為歷史是什麼？那些一代一代傳下來的，人云亦云的就是歷史嗎？你難道不這樣認為，歷史需要撒謊者、偽造者和性情乖張者的關照？每個人都有神化歷史的衝動？」

「如果你還是一個歷史研究者的話，我提醒你，最好以後還是不要再讓我聽到這樣的話。」

話說得有點劍拔弩張了，這不是我的本意。空氣裏有著絲絲縷縷的鹽的氣味，那是我發脹的腳在呼吸。我拉開窗簾，這個城市的夜色像一幅巨大的壁畫掛在窗外。有一團雲久久地停在城市上空，它反射著城市的夜光，竟比白天時還要明亮。

「不過，對你那位先祖的故事，我還是十分感興趣，我相信，憑你的才能，一定能把這個故事講得非常出色。」

下面就是史浩講的故事。他在說的時候，空洞的眼光穿過我盯著窗外，就好像他的祖先真的站在窗外的夜色裏。

從那部殘缺不全的筆記來看，史生——我這樣稱呼我那位遠祖你不介意吧——在他十九歲那年的春天離開了家鄉。在這之前，他已經做了五年鄉村畫師。史生五歲就能在沙地上畫栩栩如生的雞、狗和其他動物。八歲的時候，鄰家的貓抓破了他畫著魚的紙。他畫過捉鬼的鍾馗、簷下的飛龍、麒麟和門神，在他的家鄉，遠近十八里都可以看到他的畫，這使他很早就有了神童之譽。但在十九歲那年，史生突然發現，他畫的東西在墨色未乾時就像真的一樣，沒過幾天，他畫的那些吉祥的花卉和動物就神秘地消失了，就好像從來沒有畫過它們似的。他很苦惱，但又說不上來這是為什麼。那一年，他為當地一個財主的新宅畫壁畫。史生畫壁畫有他的規矩，他要把所有畫好的部分用布幔全遮起來，在整個畫作完成前，誰也不准看到。終於到了他的畫完成的一天，財主和他的家人早早就趕到了他作畫的工廠，小心翼翼地看著他用墨色淋漓的筆添上最後幾筆。嘩！巨大的布幔掀了開來，可是粉牆上卻什麼也沒有。財主和他的家人十分氣憤，一致認為他是一個浪得虛名的騙子，他們狠狠地給了他一頓羞辱後離開了，只剩下史生一個人孤零零地站在一堵白牆前發呆，淚水從他的臉上滾了下來，他喃喃著，「都是過眼雲煙，都是過眼雲煙。」

史生背上簡單的行囊，他要出發去尋找真正的畫道。從前，他非常熱愛家鄉這塊巴掌大的地方，這裏的飛鳥、河流和樹木他都十分用心地畫過。但現在，這一切再也不會讓他激動了，因為，這個小地方只會窒息他繪畫的天才。他想到了徐渭，說起來他還是一個遠房的舅父。那時候，畫家徐渭的聲望可謂是如日中天，一些巨賈富商不惜花費千金，都以得到他的一幅畫為榮。在少年史生的想像中，徐渭這個名字就代表著畫道，他默念著這個名字，就有一種甜蜜的暈眩。他決心一定要找到徐渭，做他的弟子，如果不成，為這個偉大的畫家研墨鋪紙他也樂意。他相信，徐渭一定會教給一種法子，怎樣讓畫永遠不褪色，怎樣讓畫永久地留在這個世界上。

順著那條著名的河流，史生已經走了十幾天。南風徐徐，吹得柳絮漫天飛揚，那些落到地下的，都鬆鬆軟軟地抱成一團。他感到自己就像走在一場大雪裏。江上的船掛著白帆，南來北往，憑著江風吹來的氣味，史生可以辨認出裏面裝的是茶葉還是糯米。見到徐渭的心情是那麼的迫切，在一個叫吳江的地方，史生用僅有的一點盤纏，買舟南下。船家慢騰騰地搖著櫓，他的心早就飛向了徐渭，飛向了那個叫山陰的地方。在史生的想像裏，這是一個樹木叢生的地方，長年下著雨，空氣濕潤得可以，沒有一隻鳥的翅膀是乾的。偉大的畫家就住在山谷裏，或者溪邊的一間小屋裏，邀白雲為友，與林中的小動物們友好地生活在一起。

太陽漸漸地西斜了，一種叫黃昏的東西在天邊鋪展開來。它彷彿是有重量的，壓得那些鳥都斂著翅膀低低地飛，壓得人的心裏頭一沉一沉的。史生站在船頭，聽著船剖開水路的嘩嘩聲。他發現，整條江以這水路為界，分成了動靜分明的兩部分。一邊是墨綠的靜得像正午的貓眼。而另一邊，半江的水烈烈地燃燒著，一派彤紅。他不知道該用什麼樣的顏色才能畫盡這江南的春色。就在他出神的時候，前面出現了一隻畫舫。他眨了眨眼確信這麼美麗的船並不是在夢中。史生的船不緊不慢地靠了上去。前面的畫舫傳出了一陣叮叮咚咚的三弦彈撥聲，史生側耳傾聽，一個搖搖曳曳的聲音唱將起來，唱的好像就是這春江的風景：「夕鳥幾聲啊垂滴滴，春空一片啊綴蒼蒼。」聽著這歌聲，史生覺得就好像一陣特別清涼的風吹過了他的臉。當他回味這歌聲，又發覺它是釃釃的，如同這暮色下凝脂一般的江水。兩船交會，史生看到對面船上紅紅綠綠羅裙的一角，看到一張梨花般白的女人的臉透過被風吹起的簾露了一下。一會兒，畫舫遠遠地落到了他們的後面，那歌，還在唱，歌聲在水波上落下，又彈起，史生的心一陣陣地發悵。

晚上，在運河邊上的客棧裏住宿，史生又遇到了那個女人。客棧是一幢灰暗的雙層木樓，樓前的一片空地堆放著草料和木柴。史生進去時，那些黑暗的小窗正透出昏昏黃黃的燈火來。夥計領著他，走上了吱嘎作響的木樓梯。站在長長的走廊裏朝外看，那條河現在變成藍色的了，夜行的船挑著一兩盞燈，無聲地劃過。史生去樓下喝了一杯溫酒，回上來草草洗了一下正要睡下，白天在江上聽過的歌，絲絲縷縷地擠進門來。循著聲音，他把目光投向窗外，一個白色的人影正順著河邊向客棧走來。她的裙子非常長，看起來幾乎腳不著地在走。歌聲停歇，那女子已站到了門外。她朱唇微啟，史生聞到了一股好聞的香氣。「這位公子，長夜孤旅，難道就沒有一個可心的人陪伴嗎？」史生的舌頭像短了一截，「噢……不不……」那女子撲哧地笑了，黑暗的走廊裏像亮起了一縷光，「那又為何忙著趕路，江南煙花地，就沒有公子留戀的？」「我是學畫的，但我總畫不好，畫的東西過不了多久就褪去了，我出來是為了找一個大畫家，向他學真正的畫道。」女人的眼睛猛地睜大了，「畫家，哪個畫家？」「徐渭，徐文長。」

「徐渭，徐渭……」女人念著這個名字，倚著門框的身子抖了一下。她嬌弱無力地樣子讓史生聯想到一株被風吹動的柔草。他不由自主地伸手攙扶，到了半途又縮了回來，他搓著手，羞赧得臉紅了大半。

「姑娘，你？」

「我叫梨花。」

「是，梨花姑娘，你怎麼啦？」

「你知道這屋子誰住過嗎？你知道我為什麼每天在江上賣唱嗎？」梨花臉上淚像雨珠子一樣淌了下來，「就是那個負心漢啊，他住在這裏，聽了我七個晚上的小曲，就走了，我天天在這裏等，他就是不肯再來會我一面。」

「你是說，徐渭在這住過？」史生吃驚得瞪大了眼睛。

「你不信？你聽我唱來，月光下你的面容帶著憂傷，鳥兒碰動花枝就像將滴的水珠，美人啊，我要隔牆偷窺你的夢……我唱著他寫給我的詩等他，都唱了快一年了。」

黑暗把什麼都吞沒了。現在，窗外的河流也已看不見。一個女子，竟在一個陌生人面前一點也不掩飾她的情史，這讓史生有點感到吃驚。原來徐渭並不是想像中的那樣，安安靜靜地住在山陰的家裏，畫畫，作詩，原來他擾亂了一個女子的春心又沒事一般走得遠遠的。他怎麼是這樣的一個人呢？他為什麼要這樣做呢？這樣的一個人，是不是還該千辛萬苦地去找他，史生心亂了。「梨花姑娘，夜冷霧重，該憩息了。」

「你知道在江上我為什麼要掀開簾子看你嗎？因為你的身上有那麼一種氣味，就像他身上的一樣，所以我一下就猜中了，你是個畫畫的。」

「可是我畫不好，以後我怕是再也不能畫了。」

「我可以告訴你一個秘密，」女人把嘴送到了他耳邊，「你在畫的時候加進些胭脂、花黃，這樣的畫一百年也不會褪色。」她握住史生的手，史生幾乎要哭了。他臉上的表情讓那女子輕輕笑了，「你的畫並不缺什麼，你只是缺少女人，缺少雨露的滋潤，你知道嗎，那些風流詩人那些畫家，他們從來離不開女人，來吧，讓我來幫助你，把我的什麼都拿去吧。」

史生一夜都沒有睡好，江上的霧氣從沒有關嚴實的窗裏擠進來，壓在被褥上，他的夢境變得像鉛一樣沉。他看見梨花的臉像月光一樣白。她一件件地剝去衣裳，撫摸他身體隱密的部位，讓他又興奮，又感到了羞辱。他在黑暗中醒來，大睜著眼睛，慢慢地辨認出屋子裏死氣沈沈的桌子、櫥、床上的帳鉤。這是他出家門以來第一個聽到徐渭的傳說的夜晚，而這個夜晚又是和一個女人一起來的。小女子算什麼，世上的所有脂粉加起來又算什麼，同真正的畫道比起來，世俗的享樂不過是春夢一場。史生很興奮，原來做一回聖人也不難麼，美色在眼前不要緊，只要心裏頭想著別的就行，我拒絕了她，也就是拒絕了世上所有的女人。

在蘇州，史生登上了著名的虎丘。在那座看起來有點斜的磚塔下，他認識了一個瘦得像竹竿一樣的老頭。那人自稱姓唐名寅，住在蘇州閶門外三十里的桃花塢，雖出生商家，卻不喜生意應酬，只想老死在書畫詩章中。史生幾乎是一下子就喜歡上了這個人。在山下小酒肆裏，史生告訴他，自己這次出來是找徐渭學畫的。徐渭是誰？唐寅乜斜著眼，一副天王老子也不放在眼裏的樣子，我怎麼從來都沒有聽說過？他搭住史生的背，兄弟，你知道這世間什麼東西最可愛？看史生傻愣愣的樣子，他大笑起來，傻瓜，女人呀，有什麼比女人更可愛！酒讓他的瘦臉掛上了愚蠢的幸福，他告訴史生，自己年輕的時候曾看上一個大戶家的丫環，那丫環年方二八，笑起來能把人的骨頭都看酥了去，他賣身為書僮，混進那個大戶家去，終於把她弄到了手。說起自己光榮的歷史，他激動得說話都結巴了，來，來來，兄弟喝。又一杯酒下去，他唱了起來：一千朵的花在我眼前綻放，鏡裏的我和著春光一同老去，一萬場的快樂一千場的醉，我唐某是世上的閒人地上的仙……

酒力泛上來，史生敞著懷，香風撫摸他的身體就好像一隻風情萬般的手。他搖搖晃晃走著，前頭是一個斜著肩挑擔大白菜的夥計，一個身著青衣戴著黑色小圓帽的矮胖中年人走上去，和那夥計不知說了些什麼，就和他一起抬著一筐白菜走了，然後那夥計要他再去抬另一筐白菜，小圓帽卻死活也不肯了，夥計看著分在兩頭的白菜筐子，急得跳腳大罵。史生搖搖頭，這醉醺醺的天氣，把人都變得怪怪的了。閶門的太陽懸在頭頂，照著林立的酒樓、茶肆、賭場和青樓，橋下的水泛著金子的色澤，哭聲、笑聲、叫賣聲、打嗝放屁的聲音像潮水一樣湧著他，他想那個叫唐寅的老頭真沒說錯，這吳中閶門乃是人間的樂土啊，生活在這樂土的人們像糞蛆一樣擁擠而又快樂。

一日黃昏，史生來到了山陰城外。路邊的水泊，照著他的亂髮像一蓬茅草。路的前頭一個又一個的水泊，像銅鏡，映著西天的雲霞。望著暮色中現出的城堞輪廓，史生面對的彷彿是一個夢中之城。城裏人家大多臨水，屋前屋後種著烏柏和苦楝，兩邊的店鋪，有人在做木工，空氣中散發著木頭好聞的香氣。一個耳朵有點背的老僕，把史生帶到了一個女人面前，告訴他這就是要找的徐渭夫人，張氏。史生偷眼看去。這從未謀面的遠房舅母雙頰酡紅，好像為驀然闖入一個陌生男人感到一絲慌亂。知道史生的來意，她說：「你恐怕要失望了，我家先生有三年不在家了，他去做幕僚了。」史生急忙問：

「去哪裡？」「很遠，聽說是去了海邊，跟一個姓胡的大師。」史生正想告辭，婦人叫住了他，「今日已晚，你又何苦急著趕路，還是吃點東西，先住上一宿吧。」

老僕領著史生吃過飯，上了樓，史生推開窗，夜色中灰灰的屋脊像是煙波中的大魚。窗外正對著一堵老牆，牆上是腐敗的藤蔓。他聽到好像有什麼在唱歌，側耳細辨，是風穿過山牆上的瓦縫發出的聲音。半夜，一片晃動的燭光驚醒了史生，那光慢慢地移近，門外響起了衣裙磨擦的窸窣聲，「誰？」史生翻身坐起，婦人秉著一支搖曳不定的燭，輕盈地飄了進來，「是我，」她把燭臺放在桌上，「你千里而來，先生又不在家，妾身這裏有他一幅畫，不知你是否有興趣看看？」史生撥亮燭芯，看婦人把畫軸一點點攤開，那是一幅雪竹圖，他凝神看去，一股寒氣撲面而來，他不由驚歎，「好畫！」

「我怎麼看不出這畫好在哪裡？」

「畫即心聲，這話真是一點不錯啊，」史生激動了，「你用心看著這畫，就會聽出兩種聲音，這聲音從紙裏、從運筆的空白處傳出來，一種是雪落在竹葉上的聲音，像一隻貓躡足在你的窗外走過，還有一種是竹葉和竹葉碰擊發出的聲音，像蠶咬桑葉一般，又像是情人擁抱衣襟相擦發出的沙沙聲。噫，一個人的心如果不是冷寂得像空谷一般，又怎能畫出如此雪竹！」

燭光下，婦人的青絲拂著史生的臉，她似乎不勝畫中透出的寒意，一把抱住了史生，「夫人，你？」她倒在史生的身上，像是說話的力氣都沒有了，「這畫……要是喜歡你就拿去吧。」她輕輕抖動著，讓史生感到抱著的是一隻受傷的鳥，終於，她沒有關住忍了好久的哭聲，「我，我哪是他的夫人啊，我比一個妓女都不如。」

現在，婦人張氏的整個身子都落在了史生身上。由於寒冷，她還在輕輕顫抖。她的手臂摟著史生的頭頸，史生的臉碰到了她的淚水，史生感到自己的臉頰一邊是冷的，一邊火燙火燙。他的心裏湧上了一種十分陌生的東西，一浪又一浪，他不由得用力抱緊了那團纏繞著的軀體。這軀體由於他的用力，慢慢地酥軟了。婦人似乎變小了，而史生感到自己變得從未有過的強大。事畢，婦人伏在他的胸前嬌聲說：「你真好，你實在太好了。」

史生不知道說什麼好，他對自己剛才的行徑感到十分的厭惡，他不知道自己為什麼會這樣。難道我忘了這次出來是幹什麼的嗎？他暗暗地責問自己。他一把推開婦人，走到窗前，屋外，不知什麼時候竟下起了雨，雨打在山牆和草垛上悄無聲息。婦人從後面抱住他的腰，輕聲說：「別去找他了，好嗎？」史生說：「不，我一定要找到他，我要跟他學真正的畫道。」

婦人更緊地貼住了他，「帶我走吧，帶我離開這座城市，離開這讓人透不過氣來的屋子。」史生不說什麼，屋裏響起了婦人的抽泣，「你去吧，你一定會後悔的。」

「為什麼？」史生奇怪地問。

「因為你說的那個大畫家，他是一個偽君子，一個大騙子。」

「夫人為什麼說這樣的話呢？」

「不要叫我什麼夫人，我只是他的繼室，」婦人哭得更傷心了，「他的夫人潘氏早就被他害死了，他害死了她，為了求得良心的安寧，又假裝懷念她。我真傻，居然會聽信他的甜言蜜語嫁給他，三年了，他尋花問柳，把我一個人扔在這裏，你知道他在朋友面前怎樣說我嗎，他稱我惡侶、雌婆，再這樣下去，我早晚有一天也要被他害死。」

天已大亮，雨也已經止歇，張氏帶著老僕送史生出城上了向東的大道。此時，他們頭頂的雲卻像被一雙巨手推著似的，飛一般向西急馳，彷彿要把他們這一夜的記憶全部帶走。路邊橫出的柳枝碰落了張氏頭上的銀釵，張氏俯身撿起，她臉上已變了顏色。很多個日子後，史生還記得張氏當時說的那句話，她說：「這不是個好兆頭啊。」

這時已經是秋天了，史生從吹來的風裏辨出了大海的氣息。他的腳下是秋天的枯枝敗葉，帶著一種灰灰的塵土的顏色。愈向東行，長長的灘塗上出現了三三兩兩石頭壘出的衛和所，這些小城池是抵禦倭寇屯兵用的，史生不能肯定徐渭是不是在這裏，他只知道，徐渭是和東南抗倭總督胡宗憲大帥在一起。九月的一天，史生來到龍山衛附近，聽當地人說，這兒不久前有過一場戰鬥，在一座叫達蓬的山下死了五百多個官軍和一隊入侵的倭寇。走近達蓬山，史生聽見了海浪拍擊礁岩的訇訇聲，這聲音像是從一口大鐘裏發出的，他決定爬上山看看整個的大海是什麼模樣。登上半山腰，眼前卻是一片迎風獵獵作響的旗幡，他看見一群將官簇擁著一個人正對著遠處的海指點著什麼。風把那個為首的人的聲音吹了起來，「我軍新得大捷，又當如此佳境，怎可無詩。」眾人喏喏，有說大帥英明，有說嘬爾小賊怎當我軍神威，嚶嚶嗡嗡的一團，卻沒見誰吟出什麼狗屁詩來。一個矮墩墩的中年人推開人群，一下跳到岩石上，風吹動他寬大的衣袍，風也把他的三聲大笑送到了史生的耳邊。看著這中年人的黑色小圓帽，史生覺得十分眼熟，卻又想不起來在哪兒見過。眼前有什麼一閃，史生差點叫出聲來，他不是蘇州閶門外跟一個挑白菜的夥計惡作劇的那人嗎？看他那副睥睨天下的模樣，哪還有半點像在世俗市井裏討生活的？他用力揮了一下手，迎風高誦道：

哦，高高的、正午的太陽！
你就聽任燒荒的野火遮沒嗎？
巨大的蠅飛來飛去尋找血跡，
而那些死者的腐嘴裏正長出秋天的蒿草！

「徐渭你這算他媽的什麼詩，又是血又是死的，真煞風景。」那些本來作聲不得的，這時惟恐落了後，一個比一個說得響亮，那個被稱作大帥的呵呵笑出聲來，「徐先生，好詩啊，好詩，白日作鬼語，我就喜歡你這樣子，來人哪，把本大帥的一對白鷴送給徐先生。」

史生這是第一次和他神往中的大師靠得那麼近，酒在屋角的爐子裏溫著，帳外走著巡邏的兵卒。同席喝酒的還有一個姓陳的軍官，一個姓朱的幕僚。他用心看著徐渭的眼睛，這是一雙已顯老態的眼睛，有點浮腫，但它無時無刻不發光，這光讓史生不敢再看。喝得興起，軍官和幕僚便向徐渭索畫，徐渭哈哈一笑，「三斤黃酒，又要來騙我的畫了，好吧，喝了三十杯酒，我的指尖像響春雷一般哩，好吧，鋪紙，研墨！」不一會兒，畫案就擺好了，徐渭踉蹌著走到案前，一不小心，一大滴水墨掉落在宣紙上，史生啊呀一聲驚叫，徐渭回身一笑，運筆如飛，一枝老藤綴著一串鮮亮的葡萄在紙上跳了出來。軍官和幕僚一連聲的叫好。徐渭喝了一大口酒，蘸了濃墨，乘著酒興在畫紙的空白處邊寫邊唱：「時間飛逝我已變老，秋風掀起我的三莖白髮，這筆下的一串明珠誰能看到，一蓬野藤是我最後的歸宿！」

史生幾乎看呆了，好半天才緩過氣來。他出神地盯著徐渭那雙在宣紙上飛速舞動的手，這雙手蒼白，修長，像一個女性的手，這雙手怎麼會像張氏說的害死他的妻子呢？

待徐渭擲下筆，他吞吞吐吐地問，這幅畫為什麼能作得如此的鬼斧神工，並問能不能送給他。徐渭誠懇地對他說，你問我為什麼能作出這樣的畫，說真的我也不知道，我只是愛紙，愛這雪白的、柔軟的宣紙，它是多麼的柔軟，一個剛出生的小孩子輕輕一團就會留下折痕，落下一滴水就會被溶掉，但它又足以承受我所有的想法，承載我所有對美的創造，當我面對這沒有一點瑕疵的紙，就會禁不住全身發抖，就好像在我面前的不是一張區區宣紙，而是一個向我完全開放的處女，我就想把自己的全身都撲上去，我想我已經告訴你了，我為什麼會畫出這樣的畫。

這時，掛在牆上朱籠裏的那隻白鷳叫了起來。這真是一隻漂亮的鳥兒，它的尾巴和雙翼是純白色的，全身佈滿了整齊的黑紋，腹部卻是純藍黑色。徐渭走過去，撫弄著白鷳的羽毛，長歎一聲：「唉，我就像這鳥兒，屈身在精緻的籠子裏，雖不敢說還有什麼奢望，卻總歸心有不甘，」他轉向史生，「我已上書總督大人，決定離開軍中，難得你千里而來，喝過這杯我們就此別過吧，這亂塗的幾筆就留你做個紀念。」

幾個月後，史生旅宿在運河最南端一個叫馬渚的小村，就在這一夜，史生夢到了許久不見的張氏。張氏坐在他床前，側著身，她的另半邊臉隱滅在黑暗裏。她用一支銀釵劃開一隻柚子，果汁湧出來，空氣裏芬芳飄動。他要張氏把臉轉過來，張氏執意不肯，他再說，張氏就哭了，她一把推開他，郎啊，你我已是陰陽兩界，我這半邊臉上滿是血污，耳中還釘進了一隻錐子，怎麼好讓你再受驚嚇？史生握住她的手，手上透出的涼氣讓他吃了一驚。快說，你這是怎麼了？張氏的身影已飄向門外，妾身去矣，望君多加珍重。史生在黑暗中驚悚坐起，當他慶幸這只是一個夢的時候，他看到了燭臺旁的一枚銀釵，他清楚地記得，張氏送他出山陰城那天，這枚銀釵讓路邊的樹枝碰到了地上，張氏撿起它，還說過一句在他聽來莫名其妙的話，現在，史生拿著這枚釵，他的胸口像刺進了一枚針，隱隱作痛。他對著窗外汩汩流動的河水說，親愛的張，我看見了你老屋牆外的藤蔓，看見雨落下來在你的眼裏化為淚水，我看到了你的身子像宣紙一樣飄動。

他又到了蘇州，閶門內外依舊是那樣的繁華，無數的翠袖在樓上向來往的商客招搖著。姑娘們清麗的笑聲和著馬幫的鈴聲一起飛揚。迎著金針般的太陽，他不知道自己為什麼要流淚，為什麼心中會湧上一種很深很深的憐憫，為自己，為賣笑的姑娘，也為那些素不相識的大街上的人們。在蘇州城外三十里的桃花塢，曾經謀過一面的唐寅又請他喝了一回酒。唐寅現在已經老得路都走不動了，在桃花茂盛的桃花塢興建了一處別業，自號桃花仙人，日日在花香酒醉間度日。唐寅告訴了他近日來士林中盛傳的徐渭殺妻一案。幾個月前，東南抗倭總督胡宗憲被下獄論死，總督府的幕僚樹倒猢猻散，徐渭怕受株連，擔驚受怕中發了瘋病（也有人說是佯裝發狂）。有一次病發，他還拿了一把劈柴的斧頭狠命地劈自己腦袋，頭骨都打碎了還是沒死成。後來不知怎麼的，他又懷疑起了妻子張氏有外遇，用一把三寸長的錐子釘進她的耳朵，把她給殺死了。殺妻已是重罪，又因他與胡宗憲一案的牽連，就定了死罪，幸虧翰林編修張元汴先生力救，才改判六年監禁。聽到這裏，史生的腦袋裏嗡的一聲，眼淚就出來了，現在他知道了，那一夜在運河邊上一個小村裏張氏走人他的夢境並不是沒有緣由的，她是趕了那麼長的路來向他道別的啊。

不知在酒桌上伏了多久，史生睜開眼睛，夕陽已經收去餘暉，銅盤一樣的月亮在藍天上凸現了出來，又輕又薄的月華，照著他們身前身後成萬樹盛開的桃花上。風吹花落，飄進了酒杯，唐寅醉眼惺忪看也不看，一飲而盡，把酒杯扔進草叢，搖晃著，邊唱邊向桃園深處走去，「酒醒只在花前坐，酒醉還來花下眠，半醉半醒日復日，花落花開年復年，但願老死花酒間，不願鞠躬車馬前，車塵馬足富者趣，酒盞花枝貧者緣……」歌聲和晚風吹在史生臉上，他怔怔的，一時竟不知自己身在何處了。

他抖開徐渭送他的墨葡萄圖軸，月光下，這一顆顆墨色的葡萄竟有著冷冷的亮澤，好像珍珠一樣，那次在軍營裏他問徐渭為什麼能畫出這樣的畫，徐渭說是因為他愛這雪白的柔軟的宣紙，他一直想不透這話，現在他好像有點明白了，徐渭並不是真的愛惜紙，筆墨紙張都是作畫的工具，又沒有性情，他真正愛惜的其實只是他自己。他對自己和自己的畫愛得太多，他心裏已經什麼也裝不下了。一個沒有了愛的人是多麼的冷酷無情啊。史生把畫揉成一團。畫軸裏面響起了骨頭碎裂的聲音。

這一年春天起，史生成了唐寅桃花庵裏的常客。他們喝著唐寅自釀的桃花酒，喝醉了就隨便找一棵桃樹靠著打盹，曬太陽。他自己在姑蘇城東門外搭了一處草屋定居下來，娶了一個屠戶的女兒為妻。他種了幾畦蔬菜，還養了一隻看家的小狗，幾隻小羊羔。他日出而作，日落而息，成了一個快樂的農夫。羊羔長大了，他也不送去屠宰場，老死了，就在屋後挖個坑埋了。有時他想，快快樂樂地活著，讓風吹著，讓太陽光照著，這多麼的好。夜晚挨著妻子睡，她雖然不漂亮，但枕著她健壯的胳膊心裏又是多麼的磁實。他幾乎忘了自己為什麼要離開家鄉，為什麼要來到這一個陌生的地方。他只在一個人的夜晚就著一盞暗淡的油燈，用簡單的線條畫下一些進入到他眼裏的風景，白菜，小蟲，山上的柿果，爬樹的蟬和水塘裏的蝦，只有他自己知道，這些小生命是他最好的朋友。他愛它們，就像愛自己身上每一件東西。畫它們，成了他十分隱秘而又快樂的一樁事。幾乎沒有一個人知道他曾經是一個畫家。

「故事就這樣結束了嗎？」

「如果你不是非要一個結局的話，也可以這麼說。」

「聽你講故事我有一個想法，你不要生氣，我覺得你真是生錯了時代，比起現在這樣一個亂糟糟的時候，你更應該生活在你的故事中，生活在明朝。」

「哦，明朝。」他的眼睛癡迷起來，「生活在那樣一個時代，該有多少的傳奇發生！我喜歡明朝，紙醉金迷，放縱而又奢靡，俗也俗到家，還有那麼多的才士、美女，唐寅、徐渭這些江南才士，傲也好，狂也好，他們都那麼的優秀，恣意地綻放生命的慾望，唐寅愛的是醇酒婦人，徐渭愛的是他自己。他們的生活裏有悲哀，有歡欣，但誰也不重複誰的活法。」

「那麼你的那位祖先呢，他找到了什麼？」

「快樂，」他乾脆地回答，「愛俗世間的一切，愛平凡的生活會讓人變得快樂。快樂是明朝生活的哲學。」

下面是史浩講的明朝故事的結尾：

明萬曆初年，徐渭出獄。經受這一番牢獄之災，五十出頭的他看起來已是一個頹唐的老人。萬曆四年秋，應宜府巡撫吳兌之邀，他開始了一次北遊。在他晚年自撰的年譜《畸譜》裏，他記載了這次北遊，從中還可以看出他和史生在蘇州有過一次會面。年譜裏被他稱為史甥的肯定是史生無疑。關於兩人是如何碰到的，記載裏沒有說。一般說來，藝術家自述生平的文字應該是比較可信的，但徐渭在寫到這一節的時候不知是用了曲筆，還是心中另有隱衷，反正讓人聽起來頗起疑心。因為他說史生在和他一起討論畫道時突然消失了。記載中，徐渭津津樂道的是自己的一幅得意之作《又圖卉應史甥之索》。從中可以推出，他和史生在這次會面中的確講到了畫，應史生的請求他還繪過一幅花卉。但好好的一個大活人怎麼會突然消失了呢，徐渭在記載中試圖自圓其說，把他還沒有說的話補齊全，當時的情形就可以還原出來了：

當兩人再次面對，心裏頭一定是什麼滋味都有。離上次的見面，雖然只隔六七年光景，但恍惚中，卻像是上一世的事了。他們喝酒，或者沒喝，但說到女人那是肯定的。徐渭因殺妻入獄，史生對張氏之死又是那麼的銘心，他們的心裏都不可能放下，這個話題肯定是繞不過去的。然後他們說到了畫道，對於這個問題他們的見解各不相同，或許有過一番激烈的爭論也說不定。再後來為了證明各自觀點的正確，徐渭就畫了一幅花卉，這就是上面說到了的那幅畫。就在徐渭伏案揮毫時，史生從草席底下隨便抽出了一張舊作。史生畫的是一個秋天的林子，一個金黃的陽光流淌的樹林。徐渭仔細地看畫，這樣的畫他從來沒有看到過，也從來沒有想到竟然會有這樣的畫。這幅畫那麼的樸素，那麼的有力，把他心裏頭的什麼東西喀喇喇地打碎了。讓他又是難過又是羞愧。當他從畫裏抬起頭，突然發現一直站在身邊的史生不見了，他問史生的妻子，那個模樣醜陋的女人驚奇地說，史生，他不是和先生一起說著話嗎？徐渭的眼睛掃過桌上的畫，隱隱的他聽到了馬蹄聲。這聲音彷彿是從紙上傳出來的。他低下頭，看到了畫上的那匹馬，那匹馬馱著一個人跑進了秋天的柿林。他看清楚了，那個人，正是史生。畫中的柿果像一個個血紅的燈籠，照著史生的臉。他輕輕地叫了一聲，史生。

萬鏡樓

1

我坐在一片秋天的樹林裏。前幾日的一場寒雨，打落了好多山毛櫸葉子，被雨水浸染的枯葉現在腐爛了。一片腐爛的海洋。我雙腿盤坐著，如同坐在救生筏上。一名童僕站在我身邊，不住地打著瞌睡，旁邊光滑得如同一面鏡子的大青石上，放著一本我青年時代自費刊刻的小說《西遊補》，還有兩大卷那時候寫下的夢境筆記。我老了，步履蹣跚，滿身贅肉，如果攬鏡自照的話，我都快認不出這張被時間過度傷害的臉是誰的了。沒有一個朋友來林中造訪我，他們就是想來也找不到路。一日日，我就靠閱讀這些早年寫下的文字打發餘生。在無常這把鋒利的鐮刀像收割走秋天最後一束葦草一樣收去我的生命之前，起碼我還可以繼續沉浮在這些奇幻仙境中。

秋陽製造出的溫暖的假象，讓無數昆蟲又飛了出來。我最喜歡的是大黃蜂和七星瓢蟲。我的大黃蜂朋友，它的翅膀拍擊空氣的聲音深沉而喑啞。在大自然發出的各種各樣的聲音中，我最喜歡的就是這種深沉而喑啞的聲音。倒是樹枝頭那些小鳥的尖叫聲，讓我十分地惱火。

太陽落山前，我第三遍讀完了這個小說。《西遊補》，它真的是我寫下的嗎？我現在重讀這個小說、重讀以前的那些夢境筆記，怎麼感覺是另一個與我毫不相干的人寫下的？這個我二十一歲那年寫下的小說，是我被情慾折磨的少年時代的一次宣洩，我讓鬥戰勝佛孫行者迷於情魔，經歷了一場場荒誕不經的歷險。這個小說是從孫行者三調芭蕉扇，師徒四個走出火焰山後開始的，當時我選擇這個故事來續寫或許就因為它有著夢幻的氣息吧。我是這樣想的，既然一切都是寓言，就讓這一枕子黃粱夢裏幻出個大千世界吧。在夢。我是這樣想的，我那麼愛做夢的一個人，平生亂夢三千，寫下的一個個故事就是一場場大寫作這個小說的時候，我時常感到的是，我就是孫行者，孫行者就是我。

現在回頭看去，這個小說裏散佈出的不祥氣息，正是那時候動盪不寧的天下局勢在我年輕的心裏投下的一個陰影。就在這部小說寫成後的第四個年頭，滿洲人的鐵蹄如同西北利亞刮來的寒風狂掃落葉，大明亡了。在一六六〇年春天完成的這個小說裏，我已經預言了這個結局：

在一個叫踏空村的地方，那裏的村民有個本事，男男女女都會駕雲飛翔。一群踏空兒，四五百人持斧操斤、掄臂振刀去鑿天，把天庭的一個靈霄殿生生給鑿了下來。

這個十六回本的小說寫到這裏時，我噗哧笑了。以鬥戰勝佛的英雄智慧，讓他困於情試試？說幹就幹，我設置了這樣的情節：靈霄殿給鑿下來後，天庭不知底裏，還以為這事是孫行者幹的。孫有過前科，也難怪他們懷疑。於是他們要請佛祖出馬，把孫行者重新捉將回去鎮在五行山下。行者驚惶無措，撞入萬鏡樓，他在虛無世界中的歷險正是由此開始。

2

剛才轉個彎兒，劈面撞著一座城池，城門額上有「碧花苔篆成自然」之文，卻是「青青世界」四個字。行者大喜，急急走進，只見湊城門又有危牆兀立，東邊跑到西，西邊跑到東，卻無一竇可進。行者笑道：「這樣城池，難道一個人也沒有？既沒有人，卻又為何造牆？等我細細看去。」看了半晌，實無門路，他又惱將起來，東撞西撞，上撞下撞，撞開一塊青石皮，忽然絆跌，落在一個大光明去處。行者定睛一看，原來是一個巨大的琉璃樓閣。上面一大片琉璃作蓋，下面一大片琉璃踏板，一張紫琉璃榻，十張綠色琉璃椅，一張粉琉璃桌子，桌上一把墨琉璃茶壺，兩隻翠藍琉璃鐘子，正面八扇青琉璃窗，盡皆閉著，又不知打從哪一處進來。行者奇駭不已，抬頭忽見屋子的四壁全是鏡子。各種大小、形狀的都有，團團面面，有上百萬面。這些鏡子有各種各樣的名稱：

花鏡，鳳鏡，水鏡，月鏡，冰台鏡，鸚鵡鏡，我鏡，人鏡，無有鏡，自疑鏡，不語鏡，一笑鏡，不留景鏡，飛鏡。行者道：「倒好耍子，等老孫照出百千億個模樣來！」走近前來照照，卻無自家影子，但見每一鏡子，裏面別有天地、日月、山林。

行者見一方獸紐方鏡中，一人手執鋼叉，湊鏡而立，細一看，是以前從五行山下出來時助過一臂之力的獵戶劉伯欽。行者問他，為何同在這裏，劉道：如何說個同字？你在別人世界裏，我在你的世界裏，不同，不同！行者奇怪道：既是不同，如何相見？獵人告訴他，這萬鏡樓，一面鏡子，管一世界，一草一木，一動一靜，多入鏡中，隨心看去，應目而來，故此樓又名三千大千世界。

3

這麼說你還是不知道我是誰。叫我董說吧。這個說字，念作tuo。它的意思不是說話，而是行動迅速的樣子。動如脫兔，就是這個意思。如果你覺得這樣稱呼不習慣，就叫我若雨。若雨，是我的字。

昨夜，那個折磨了我幾十年的夢又攫住了我。夢裏我架著一把梯子登上天去。梯子斷了，我摔下來掉到了白雲上。棉花朵一樣柔軟的白雲裹住了我，我撒開腳丫在白雲上奔跑，我一口氣跑了十多里地還不止。突然，腳下的雲層被我不小心踏破，嘎啦一聲裂開，露出藍得發黑的天空。我像一個溺水的人一樣雙手亂舞，一縷縷風從指縫間滑過，我卻什麼也抓不住。在接連兩次墜落後，我掉落到了一條河邊，水草葉子如同婦人柔嫩的手指拂著我的臉。

自從滿人的鐵蹄踏進山海關後，我便時常做這個從雲端墜落的夢。改朝換代幾十年了，我還常常在夢中高聲驚叫。為此還連累妻子落下了久久不能治癒的失眠症。她時常被我從夢中驚起，然後數著念珠度過一個個長夜。解夢師說，這個夢寓意著我和我的家族在新朝的命運，從原先的高高在上淪落到了塵世間。可是我又不是什麼華胄子弟，鼎革前也不過是一個除去了青衿的諸生而已。我的曾祖是嘉靖年間的進士，最高的官職做到了吏部左侍郎，到得我爺爺只中得一個萬曆十一年癸未科的進士，連個外放的機會都沒落著，至於我父親，自我懂事起他就是個抱著個藥罐子的病病歪歪的人，他最不擅長的事就是生計營生，在我八歲那年就死掉了。

崇禎十六年春天我生過一場重病。家裏請來了一個庸醫，差點把我給治死。睡眠就如同一條混濁的河流，把我送入各種各樣的夢境。在夢中我上天入地無所不能，與歷代妖姬美女效雲雨之歡。現在看來，我一生的嗜夢癖就是從這年春天開始的。

我貪戀名山大川，早些年，老母在堂，想走也走不遠，為了能在夢中遊賞，我就在房間的四壁掛滿了山水畫卷。畫壁臥遊青嶂小，紙窗聽雨綠蕉秋。在四壁山水的包圍中，在雨打芭蕉聲中，悄然入夢，是多麼的愜意啊。這些年我夢遊所至的名山大川有廬山、武夷山、峨眉山、衡山和雁蕩山。這種夢中的旅行既無須為銀子不夠犯愁，也不必擔心身體吃不消。想想這樣的美事，我夢裏頭都要笑出聲來。我還採購來了大量木料，在屋上架設了一個亭子，屋上架屋，藉從高處遙望青山白雲，以更好地臥遊。我希望我的夢中有更多的山，為此我還選中了一塊風水極佳的地方想造一個亭子，連名字我都想好了，就叫夢山亭，只因為資金闕如，這個計畫才沒有付諸實施。

我曾在夢國遊歷三年，做到了夢鄉太史的職位，管理夢鄉的國政。我的治國措施中的一項，就是成立一個夢社，由童子們任司夢使，把社友們千奇成怪的夢寄存在潯水之濱，由我集中保管。這些夢都保管在一隻一尺見方的大鐵櫃裏，這隻櫃子叫藏夢蘭台。

我對夢國作出的最大貢獻是為它編纂了一部歷史。在這部叫《夢鄉志》的書裏，我給這個國度分了七個區域：玄怪鄉，山水鄉，冥鄉，識鄉，如意鄉，藏往鄉，未來鄉。

去往夢國的道路有千條萬條，但芸芸眾生被豬油蒙了心，就是找不見。作為夢國的太史，我想我有責任對他們提供技術上的指導。出世夢的做法是，你想像你駕馭著日月，去趕赴諸神的宴會，在你的下面，萬頃的白雲如同一條澎湃的河，那些傳說中的蛟龍就像魚兒一樣游來游去。遠遊夢的做法：坐一輛世界上最快的馬車，一刻萬里，不到一個星期，三山五嶽就走遍了。藏往夢的做法：什麼也別去做，就只是坐著，讓腦袋像一個搬空的倉庫一般，一會兒你就會來到漢唐，運氣好的話，也可能到了商周。知來之夢的做法：將會白衣，霜傳縞素，法當震恐，雷告驚奇。看不懂吧，看不懂好好看。

為了更便捷地抵達夢國的指定位置，工具的作用也不可忽略。有八種常用的輔助工具不妨一試：藥爐，茶鼎，高樓，道書，石枕，香篆，幽花，雨聲。如果你想做抱著女人睡的那種豔夢，這些工具就用不上了。

有人說我那麼愛做夢是一種癖，一種病，我這樣告訴他們，夢是一味藥。宋朝有個禪師，把禪當作療救人生的一味良藥，寫了一本《禪本草》的書，我雖不才，也寫有一本《夢本草》。在這本書裏，我開宗明義就說，夢本草這味藥的性味與功用是：味甘，性醇，無毒（當然對意志薄弱者來說還是有微毒），益神智，暢血脈，辟煩滯，清心遠俗，如果你想長壽，最好天天服用。至於夢本草的採集方法，也十分簡單易行，不論季節，不假水火，只要閉目片刻，靜心凝神，這味藥就算是採成了。根據我多年研究，夢本草的產地不同，攻效也不同。最好的夢本草有兩種，一種是產自絕妙的山水間，一種是產自太虛幻境。這兩種都可療治俗腸。至於採於未來境、驚恐境的，雖然也有部分功效，但也會帶來名利心、憂愁這些副作用，弄得不好還會走火入魔，嚴重的還會發狂至死。

夢有雅俗，正如人有雅人俗人。我自以為平生做過的夢裏，最幽絕的一夢是在一個下著雨的晚上，我穿過兩塊山石搭成的拱門，又走過一條長長的松蔭路，登上了一個石樓。這座樓外表平常，但內裏的陳設十分怪異，樓中的幾榻窗扉，全都是切得四四方方的石塊。更令人吃驚的是石榜上還有七個篆體大字，如龍飛鳳舞一般，寫的是：七十二峰生曉寒。我現在的樓取名叫曉寒樓，屋前的池塘叫夢石樓塘，就是這麼來的。要是微染小恙，喝一點小酒，再在微醉後得一佳夢，遊遊名山啦，讀讀這個世界不存在的書啦，與古代的名人說說話啦，那病立馬就會好幾分。如果做了俗夢，譬如與女子交合之類的，我怕我夢醒後真會大吐一場。

回顧我長長的一生做的夢，那無數的人和事和物，組成的是一個多麼龐大的世界呀。但這一些，真的在這個實用的世界存在過嗎？它們是存留在我的大腦皮層，在某些個夜晚，如同電波一樣短暫，卻又像投進湖中的石塊激起的水紋永無止息。在我還是一個孩子時，父親就跟我說過，南方有一個國家，叫古莽之國，這個國家的人以醒著時做過的事為虛妄，以夢中發生的一切為真。我要是真的生活在這個國度是多麼的好。這麼多年，我一直沒有放棄對這個國度的尋找。現在我老了，還沒有找到。找不到我就在自己心裏造一個吧。

生命在成長，夢也在成長，如果借用詩歌來作個比喻，那麼我少年時代的夢是李賀的詩，連鬼神聽了都要驚奇。後來的夢，一會兒是李白的風格，一會兒是杜甫的風格，到了我這年紀，那些夢就是王維的田園詩的風格了，空山不見人來，惟留清泉石上流了。

人生百年無夢遊，三萬六千日，日日如羈囚。我就是不甘心做一個時光的囚徒，所以我總有那麼多夢。

4

行者跳入一面鏡子，只見高閣之下有一所碧草朱欄，鳥啼亂花去處，坐著一個美人，耳朵邊只聽得叫「虞美人，虞美人！」行者頓時把身子一搖，仍前變作美人模樣，竟上高閣，袖中取出一尺冰羅，不住地掩淚，單單露出半面，望著項羽，似怨似怒。項羽大驚，慌忙跪下。行者背轉，項羽又飛趨跪在行者面前，叫：「美人，可憐你枕席之人，聊開笑面！」行者也不作聲，項羽無奈，只得陪哭。行者方才紅著桃花臉兒，指著項羽道：「頑賊，你為赫赫將軍，不能庇一女子，有何顏面坐此高臺！」項羽只是哭，也不敢答應。行者微露不忍之態，用手扶起，道：「常言道，男兒膝下有黃金，你今後不可亂跪了。」項羽道：「美人說哪裡話來！我見你愁眉一鎖，心肺都碎了，這個七尺軀體還要顧他作甚！」

項羽求歡，行者推說身體不適，讓他先進合歡綺帳，自己在榻上靠著閒坐一會。項羽抱住行者，嘴裏說：「我豈有丟下美人獨睡之理？你一更不上床，我情願一更不睡。你一夜不上床，我情願一夜不睡了。」他說多喝了幾杯酒，就把平生的事作評話來講吧，也好給美人解解悶。

後來他們說起了秦始皇。項羽道：「咳，秦始皇變亦是個男子漢，只是一件，別人是乖男子，他是個呆男子。」行者道：「他併吞六國，築長城，也是有智之人。」項羽道：「美人，人要辨個智愚，愚智。始皇的智，是個愚智。」

項羽講他戰章邯、入關中平生一樁樁英雄事，直講得口乾舌燥，行者低聲緩氣道：「大王，且吃口茶兒，慢慢再講。」項羽方才歇得口，只聽得譙樓上鼓響，已是二更了。項羽又說了好一陣話，行者又做一個「花落空階聲」。叫：「大王辛苦了，吃些綠豆粥兒，消停再講。」項羽方才住口。聽得譙樓上咚咚咚三聲鼓響，行者道：「三更了。」項羽道：「美人心病未消，待俺再講。」直講到五更，項羽也沒個消停的樣子。

「既是美人不睡，等我再講評話。」

5

以下，是這些年折磨我的一些雜亂無章的夢境片斷，我曾經把它們記入了《昭陽夢史》這本書裏。之所以把這本不值一提的小書保存至今，我是把它們看作了我某種意義上的自傳。青年時代的我，是一個喜歡背後說別人閒話和傳播八卦的人，連夢中都被流言的泡沫包圍著，說別人，也被人說。出於傳之後世的考慮，這些閒言碎語和一些過分色情、污穢的，我沒有記入。所以即便勉強稱之為自傳，它也是不完全的，讀者鑒之。

令人高興的是我可以在這些夢裏信馬由韁，比如與我們時代最偉大的詩人鬥嘴，與最優秀的劍客過招，與最風騷迷人的女人性交。我曾經這樣對朋友說：「如果能記住這些夢，那將是一種極大的娛樂，你彷彿被俘虜進另一個世界裏一般，讓你覺得有意識的世界中的許多責任都非常遙遠。」

蔚藍的天空，純淨得如同水洗過一般，忽然，天空垂下了成千上萬隻乳房，顏色有紅的，也有青的，它們在慢慢拉長，一直垂到了屋瓦上。

我夢見飛雲散落空中，一片片都是人臉，天上成千上萬張面孔，眼珠轉動，唇齒開合，每一張臉都不一樣，每一個表情都不一樣。

我夢見天上落下了一個個手掌大的黑色的字，它們旋轉著飛落，如同紛揚的雪花。一個白衣高冠的男子在下面奔跑。高喊著，真是大奇觀啊，天落字啦！我仔細看這滿天飛揚的字，乃是一篇陶淵明的歸去來兮辭。

我夢見幽深的樹林裏的幾間老屋，又白雲為門，客人來，雲就緩緩推開，客人離開，雲就重又合攏。真是太神奇了。

我夢見一場大雨，落下的全是一瓣瓣黃色的梅花。

我夢見我成了一個老僧，精舍的門是一棵老槐樹。

我夢見一個叫苔冠的人來看我，他的頭頸上長的是一株青草。

我一次夢見採來了一大朵白雲贈給客人，一次夢見我吃掉了一盆白雲。

我夢見站在高山之巔，放眼看去滿眼都是草木，不見一個人影。這樣一個草木世界，我的舌頭還有何用？我找誰說話去？夢裏我哭泣起來，醒來，枕畔還是濕的。

我夢見自己被剃髮，頭髮墜落水池，變成了一條條魚游向遠處。我一邊哭一邊給朋友寫信，弟已墮髮為魚，寫到魚字我突然醒了。

6

宮女向行者描述了大唐風流天子的行樂圖：昨夜我家風流天子替傾國夫人暖房擺酒，在後園翡翠宮中，酣飲了一夜。初時取出一面高唐鏡，叫傾國夫人立在左邊，徐夫人立在右邊，三人並肩照鏡。天子又道兩位夫人標致，傾國夫人又道陛下標致。天子回轉頭來問我輩宮人，當時三四百個貼身宮女齊身答應，「果然是絕世郎君！」天子大悅，便瞇著眼兒飲一大觥。酒半酣時，起來看月，天子便開口笑笑，指著月中嫦娥道：「此是朕的徐夫人。」徐夫人又指著織女牛郎說：「此是陛下與傾國夫人，今夜中是三月初五，卻要預借七夕哩。」天子大悅，又飲一大觥。一個醉天子，面上血紅，頭兒搖搖，腳兒斜斜，舌兒嗒嗒，不管三七二十一，二七十四，一腳橫在徐夫人身上。傾國夫人又慌忙坐定，坐了一個雪花肉榻，枕了天子的腳跟。又有徐夫人身邊一個繡女忒有情興，摘一朵海木香，嘻嘻而笑，走到徐夫人背後，輕輕插在天子頭上，做個醉花天子模樣。這等快活，果然人間蓬島！

宮女說完這些又感歎：只是我想將起來，前代做天子的也多，做風流天子的也不少，到如今，宮殿去了，美人去了，皇帝去了！不要論秦漢六朝。便是我先朝天子，中年好尋快活，造起珠雨樓臺，那個樓臺真造得齊齊整整，上面都是白玉板格子，四邊青瑣吊窗，北邊一個圓霜洞，望見海日出沒，下面踏腳板還是金縷紫香檀。一時翠面芙蓉，粉肌梅片，蟬衫麟帶，蜀管吳絲，見者無不目豔，聞者無不心動。昨日正宮娘娘叫我往東花園掃地，我在短牆望望，只見一座珠雨樓臺，一望荒草，再望雲煙，鴛鴦瓦三千片，如今弄成千千片，走龍樑，飛蟲棟，十字樣架起。更有一件好笑：日頭兒還有半天，井裏頭，松樹邊，更移出幾燈鬼火，仔細觀看，到底不見一個歌童，到底不見一個舞女，只有三兩隻杜鵑兒在那裏一聲高一聲低，不絕地啼春雨。

7

我曾經有機會成為十七世紀中葉南方最大的香料製造商，因為在那個時候，香料有著巨大的市場需求，廟堂之上，青樓椒房，到處都是香煙嫋嫋的。你在街上隨便逮個人看看，他的腰胯下面也總是掛著個鼓囊囊的香袋的。在這樣一個以焚香為時尚的時代，人是可以氣味來區別的。對一個有著正常嗅覺的人來說，不用睜開眼睛就可以辨認出遠處走來的一個熟人。

就像一朵花在開敗前總是最豔麗的，大明滅亡之前的最後幾年也是這樣，各種器玩、詩詞、享樂無不盡善盡美，登峰造極，就連秦淮河上的婊子，也一個比一個光鮮，一個比一個頂樣。那個綺麗的時代，培育出了我們時代最出色的感官：最出色的舌頭，最出色的耳朵，最出色的鼻子和勃起得最持久的雞巴。我有幸分享文明之果，擁有一個最靈敏的鼻子，可以辨別出空氣中上百種的香氣，靠著這個鼻子，我無師自通地掌握了製香之法。和一般的香料製造商需用大量名貴的沉香、麝香作引子不同，我就地取材，用自然界最尋常的植物的莖、葉就可以造出各種各樣的香。但我固執地認為，銅臭與香氣是這世界的兩極，所以我的知識永遠不可能轉換成白花花的銀子。

在長期的摸索中，我發現，把杉樹葉與松葉集在一起焚燒，有一種彷佛置身天庭的清香氣息。把百合花與梅花的花瓣同焚，也殊有清致。這種山家百合香的香氣和翠寒香的製作一樣簡捷。製作過程最繁瑣的是振靈香，我採集了七十種花卉的露水、用光了收藏的所有乳香和沉木，花了整整七天才製成了三束線香。不是我吹噓，聞到這種香就是死人也會活轉過來。我給它取這個名字，就是寓意它能振草木之靈，化而為香。

進入十七世紀五十年代，我開始嘗試一種煮香之法，我把這種改良稱之為「非煙香法」。以前焚香，都是把香放在陶製或銅製的熏爐裏焚燒，這種爐又叫博山爐，形狀類似一豆形容器，上覆以蓋，蓋上有鏤空的氣孔，我們聞到的香氣就是從這氣孔裏散發出來的。但我認為博山爐長於用火，短於用水，對之進行了改造。我在爐體上面那個鑄成山巒林樹形狀的尖頂高蓋上鑿出一個泉眼，再依著石頭的紋路鑿出曲曲彎彎的澗道，把水流導引入底下銀質的湯池。每每蒸香時，水從上面的泉眼曲折下傳，奔落銀釜，加以霧汽蒸騰，直如一個香的海洋。我又自創了一種蒸香時用的鬲，遇到蒸的是異香，就在鬲上覆以銅絲織就的格、簟，以約束熱性，不讓湯水沸騰，而香卻能遝遝不絕於縷。上面我說到的振靈香，就須用這種「非煙香法」，方能盡臻其美。

我住在南村的時候，走到哪總是隨身帶著一隻這樣的經過改良的博山爐，春天的玉蘭花瓣，秋天的菊花，冬天的梅花墜瓣，我都悉數收集。我把它們放在水格上蒸，水汽嫋嫋中，不一會就香透藤牆了。那個時期，我為自己設想的最理想的境界，就是坐在一隻釣船上，瓦鼎裏煮著香，船隨水西東，沒入花海中去。

自從發明了這種非煙香法，我就像一個對世界充滿著好奇的孩子，把各種各樣的植物的花和葉子放到博山爐裏去蒸。

蒸松針，就像夏日坐在瀑布聲中，清風徐徐吹來。蒸柏樹子，有仙人境界。蒸梅花，如讀酈道元《水經注》，筆墨去人都遠。蒸蘭花，如展讀一幅古畫，落穆之中氣調高絕。蒸菊，就像踏著落葉走入一古寺。蒸臘梅，就像讀商周時代的鼎文，拗裏拗口。

蒸芍藥，香味閒靜，如一大家閨秀。蒸荔枝殼，使人神暖。蒸橄欖，如聆古琴音，這架琴無價。蒸薔薇，如讀秦少游小詞，豔而柔，輕而媚。蒸橘葉，如登秋山望遠。蒸木樨，如讀古帖，且都是篆體隸書。蒸菖蒲，如蒸石子為糧，清瘠而有至味。蒸甘蔗，如高車寶馬行通衢大邑，不復記行路難矣。蒸薄荷，如孤舟秋渡，聞雁南飛，清絕而悽愴。蒸茗葉，如詠唐人小令曲終人不見，江上數峰青。蒸藕花，如紙窗聽雨，閒適有餘，又如琴音之間偶或的停頓。蒸霍香，如坐在一隻扶搖直上的鶴背上，視神州九點煙耳，穆廓人意。蒸梨，如春風得意，不知天壤間有中酒色氣味，別人情懷。蒸艾葉，如七十二峰深處，寒翠有餘，然風塵中人不好也。蒸紫蘇，如老人曝背南簷時。蒸杉，如太羹玄酒，惟好古者尚之。蒸梔子花，如海中蜃氣成樓臺，世間無物彷彿。蒸水仙，如讀宋四靈詩，冷絕矣。蒸玫瑰，如古樓閣檮蒲鋪諸錦，極文章巨麗。蒸茉莉，就想起了我住在鹿山的時候，站在書堂橋上，望著雨後的雲煙，這情境，我未嘗一日忘懷。

我時常在想，如果把我放到博山爐上去蒸，會是什麼氣味呢？這樣的念頭常會把我驚出一身冷汗。

8

行者回到萬鏡樓中，尋了半日，再不見個樓梯，心中焦躁，推開兩扇玻璃窗，窗外都是絕妙朱紅冰紋闌干，幸喜得紋兒做得闊大，行者把頭一縮，趲將出去。誰知冰紋闌干忽然變作幾百根紅線，把他團團繞住，半些兒也動不得。行者慌了，變作一隻蜘蛛，紅線頓時成了蛛網，行者出不來，變作一團青鋒劍，那紅線又成了劍匣。行者無奈，只得仍現原身，忽然眼前一亮，空中出現出一個老人。老人一根一根扯斷紅線放他出來。行者問老者是誰。老人說他就叫孫悟空。行者以為是六耳獼猴，取棒打下，那老人忽然化作一道金光，飛入他自家眼中不見了。行者方才醒悟是自己真神出現，慌忙又唱一個大喏，拜謝自家。（這一段下面，還有一段早年寫下的批註：救心之心，心外心也。心外有心，正是妄心，如何救得真心？蓋行者迷惑情魔，心已妄矣。真心卻自明白，救妄心者，正是真心。）

9

我收藏有一隻小鐘，色澤灰黯，缺了個小口子，就像在地底下埋了幾百年了。半夜睡不著了，我常常起來敲鐘。那小小的鐘聲啊，清越而久遠，它會讓空氣蕩起一圈圈迷人的渦紋。因為喜歡聽鐘聲，早年，我出行到了一個地方就遍地跑著去找寺院。長旅孤館，聽著鐘聲一下一下傳到耳邊，真是要喜悅得掉下淚來。我這麼喜歡聽鐘，可能與幼年時對僧人生活的嚮往有關。說來不信，我三歲時就能像佛教徒一般盤腿而坐，七歲就能讀《圓覺經》《金剛經》。聽著寺院的鐘鐃齊鳴，真像前世般親切。國亡後，繁華不再，寺院都破敗不堪，我再也聽不到好聽的鐘聲了。

我的癖好越來越深，在世人眼中也越來越怪了。除了前面說的焚香癖，夢癖，聽鐘癖，我新近患上的還有聽雨癖。

我喜歡在窗前聽雨，喜歡在秋天的漁笛聲中聽雨。我最喜歡的還是在船上聽雨。你在船上聽雨，會覺著雨聲是綠的呢。綠則涼，涼則遠，在船上聽雨，你真會覺得遠離了煩惱人世。我經常聽雨的那隻船叫石湖泛宅（為此我給自己治了一個章叫「一月函船師」）。船裏裝滿了書畫秘笈，船艙裏還掛著小佛像。我常常把船泊在柳塘湖水深處，待上一段時間又遊往他處。如果此生還有餘暇，我要寫下一百首關於雨的詩篇。體例就仿照白居易的〈何處難忘酒〉，叫〈何處難忘雨〉。何處難忘雨，涼秋細瀑垂，小窗佳客在，白豆試花時，漁笛聲全合，水村煙正宜，溪山苕上好，雨僻少人知。這是前些天雨中無聊寫下的。如此好的煙雨溪山，卻沒有人來和我共賞。不過話說回來，身邊如果真有一個俗客聒噪個沒完，也挺煞風景的不是？這是秋天聽雨，暮春天氣裏下雨也是別有佳趣的。竹闌外柳絲輕飄，那雨珠兒凝在葉尖久久不曾落下，偶爾滴瀝一聲，卻打下了樹蔭下的一片片花瓣。還有深宵聽雨，是我近些年來深深著迷的。雁落秋江，寒夜裏撥盡爐灰，聽著屋角的雨如沙漏一般落下，真不知今夕何夕了。

康熙十九年起我正式隱身於山水深處，其實更早，五年前我就以山水白雲為家了。我棲遁在苕溪、洞庭之間，尋常朋友都找不到，偶爾在村澗溪橋邊碰到附近靈岩寺的和尚，就作一日長談。一六七〇年冬天，我浮舟在西洞庭山，中流大雪，船都被凍住了，划不了槳，連除夕夜都是在船裏度過的。我就是要讓你們都找不到我。這像是我為自己刻意安排的一個結局。

我已經想好了，死後留給子孫的應該是一幅什麼樣的肖像畫：我要讓最好的畫家把我畫進一場風雨中，屋外山雨欲來，木葉亂鳴，我坐在寥廓的堂前，手裏執著一卷書，神態怡然自若。

10

行者掙脫了縛人紅線，來到一處樓臺。看到唐僧和小月王對坐在一處水殿中。三個盲女郎，各抱一面琵琶，在唱一齣《西遊記》。一唱便唱到了萬鏡樓中的事，行者心中疑惑，這分明是我昨日的事，她們怎麼會知道，心頭火發，耳中取出棒來，跳在空中亂打，打著一個空，又打上去，仍舊打空。小月王、師父、那些盲女子就好像沒有看到他。行者奇怪，難道青青世界中的人都是無眼、無耳、無舌的？

行者亂撞亂走，發現唐僧有了一個女人，叫翠繩娘，長得真是香飄十里，媚絕千年。

不多時，一簇軍馬擁著一面黃旗，飛馬而來。原來是唐僧受封為殺青大將軍，行將起兵。翠繩娘見唐僧做了將軍，匆匆行色，兩手擁住，哭倒在地，便叫：相公，教我怎麼放得你去！你的病殘弱體，做將軍時，朝宿風山，暮眠水澗，那時節，沒有半個人看你，增一件單衣，減一領白褡，都要自家愛惜，調和寒冷。相公，你牢記我別離時說話：軍士不可苛刑，恐他毒害，降兵不可濫收，恐他劫寨，黑林不可亂投，日落馬嘶不可走，春有汀花不可踏，夏有夕涼不可納。悶來時，不可想著今日，喜的時，不可忘了妾身。呀，相公，叫我怎麼放得你去！同你去時，恐怕你將軍令，放你自去，相公，你豈不曉淒風夜夜長，倒不如我一線魂靈，伴你在將軍玉帳罷！正鬧著，外面紫衣使者飛馬走進，奪了唐僧軍馬，一齊簇擁，竟奔西方去了。

11

以前我每次出遊，都為路上帶什麼書斟酌再三。掂量來掂量去，什麼書都捨棄不下，索性都給帶上。一般短途陸行的話，帶的書大概有五十擔，如果坐船，那就可以帶得更多，約有十篋之多。在我還是一個孩子的時候，我對自己一生的構想，就是先三十年讀書，後三十年遊覽天下。這麼說吧，我嗜書就像酒徒離不開酒，好色之徒離不開女人，這一輩子從來沒有離開過書。雲中乍訝聲如豹，迎著挑書入屋來。這是途中讀書。一床書傍藥爐邊，這是日常家居讀書。五十六歲那年，我在一封寫給兒子的家書中說：「我除了不懂事的六年，五十年沒有一日不在讀書。」這話可一點沒有自吹的意思。如果不是有十多年我把時光浪費在了帖括制藝上，我今天的成就豈止如此？所以我對兒子們總是千叮萬囑，切不可讓子孫後代再習舉子業，讀無用書，做八股文，那可真要枉喪光陰了。

其實我這樣子過完一生，在大人先生眼裏也已經是年華虛度了。他們不止一次對我說，本來以你天分之高，用力之勤，要不是給那些胡說亂道的東西迷錯了路頭，而專在考據編年等學上下功夫，則在學問上面必能於古今來第一等人物中占到一個位置，你那麼變態，老發神經，還自己弄些助長神經病的藥，結果就成了這麼一個半夢半醒的二等學者，可惜啊！對這些人，我總是回之以：去你媽的！

這一輩子我從沒有放下過我的筆。筆是我的舌頭，我的牙齒。但我也從來沒有停止過焚毀我寫下的文稿。我就像一個雪夜行走在林中的盜賊，一邊前行，一邊又把留在雪地上的腳印全部清除掉。有時我剛寫下一個句子，就好像已經看到了承載這個句子的紙在慢慢消失。名詞消失，動詞消失，最後我也消失。不僅焚字，我還焚筆、焚硯。我還寫下過一段焚硯誓，其中有這樣的句子：今日已後，永絕文字，鏤骨銘心，盡未來際，不斷綺語，崇高苦因！不斷綺語，道岸不登！不斷綺語，離叛佛心！

沒有人知道我這麼做時糾結在心頭的苦悶，一方面我是那麼地熱愛寫作，另一方面，禪宗又主張不立文字，直指本性，我信仰的臨濟宗更是如此。所以我總是一次次地發誓要封筆，戒絕綺語自障，又一次次地衝破戒律，不停地寫寫寫。且悔且做，且做且悔，當老亦然，我這人夠沒出息透了吧？

一六五六年，我三十七歲，準備上靈岩剃度，把餘生獻給佛門，行前我決心把所有寫下的文字全都焚毀。我兒子抱著我的腿苦苦相勸，留下一些詩文刊印於世。我說，我墮文字因緣三十年了，再留下隻言片紙在這個世界上，那不是再墮落一次嗎？我的下半生就在青鞋布襪間了，罷，罷，全都燒了。這是我一生中第三次燒掉自己的文字，也是燒得最多的一次。前兩次的焚燒，分別在一六四三年冬天和一六四六年秋天。最初的起意是想把應制文章給燒了，燒得性起，把一卷詩稿和一本雜文集也投進了火堆裏。看著那些碎紙片像黑蝴蝶一樣飛起來，我竟有一種自虐般的快意從心底裏升起。能夠盡著性子撒一回野是多麼快意啊。

我懷念這些已經在這個世界消失的文字，他們都是我散失的孩子。在前些日子的一個夢裏，我來到一座深山，山裏有一個古穴，洞裏飛翔著無數漂亮羽毛的鳥兒。我在洞裏見到有數百卷書籍，打開來卻一個字也沒有。我正奇怪為什麼會這樣，來了一個人，告訴我說，這都是你寫的書呀，這些書已經被焚毀，當然不會有字了，洞穴裏那些飛鳥，就是這些書的魂魄，你試著哭出聲來，書魂就可招來。我當下就大聲慟哭起來，那些鳥遂在洞中驚驚乍乍地亂飛起來。我丟下這些無字書，飛一般地逃出了這個洞。

12

天已入暮，行者見師父果然做了將軍，取經一事置之高閣，心中大亂，無可奈何，只得變做軍士模樣，混入隊中，亂滾滾過了一夜。

一場戰役過後，一個坐在蓮花臺上的尊者前來喚醒行者。

「尊者，你是何人？」

「我是虛空主人，見你住在假天地久了，特來喚你，你的真師父如今餓壞哩。」

尊者告知行者，方才是在鯖魚氣裏，被他纏住了。「天地初開，清者歸於上，濁者歸於下，有一種半清半濁歸於中，是為人類。有一種大半清小半濁歸於花果山，即生悟空。有一種大半濁小半清歸於小月洞，即生鯖魚。鯖魚與悟空同年同月同日同時出世。只是悟空屬正，鯖魚屬邪，神通廣大，卻勝悟空十倍。他的身子又生得忒大，頭枕崑崙山，腳踏幽迷國，造化有三部，無幻部，幻部，實部，如今實部天地狹小，他就住在幻部中，自號青青世界。」

13

我的曾祖為官時收藏有許多鏡子，有一間屋子專門用來安放這些鏡子。各式各樣的鏡子，青銅的、水晶的、泰西進貢的玻璃的，形狀有圓形的、橢圓形的以及帶頂飾的矩形鏡框的，飾框的材料一式都是名貴的烏木、雪松木和紫檀，還有鍍金的黃銅，上面還雕有微型的動物、人像和枝葉連理錯落纏繞的圖案。這些鏡子掛滿四壁，直達屋頂，據說一進入鏡房，就像進入了一個沒有盡頭的世界：無數面鏡子相互對應，使得門、窗和走廊無盡延伸，生生不盡。

我八歲那年，父親就是死在這間已經破敗的鏡房裏。家人把他抬出來時，為了避免嚇著我們，在他的臉上蓋了塊白麻布。從此以後，家中長輩再也不允許我們走近這間鏡房。它成了我們家族的一個禁忌。但我的記憶中已經永遠刻下了向這個神秘的屋子投去的第一眼，那一片眩目的、晃眼的光刺痛了我！我那時深信不疑，父親就是被鏡子裏一把把光的劍殺死的。這警示我在成長的日子裏一直小心躲避著鏡子的誘惑——鏡子是危險的！一旦你向鏡子看了一眼，就有了幻想、恐懼和慾望。為情所迷，則大千世界不過是鏡子生成的幻象。鏡子會吸引邪狂的目光，鏡子裏藏著一個個惡魔。它的表面平滑如緞，它展現的卻是謊言和誘惑，讓意志脆弱的人陷入瘋狂。

我把童年時代的恐懼帶進了這部小說。把對女性的憎惡帶進了這部小說。行者面對成千上萬面鏡子的恐懼就是我的恐懼。在我看來，鏡子是我們的生活與夢幻之間的無主之地，它乃是進入死亡的通道。我讓行者穿過一面面鏡子，正寄託著渴望在鏡子的另一端得到重生的意願。

那個曾經顯赫一時的大宅已在一六四四年的兵火中化為一片瓦礫。說來堪奇，我從祖宅惟一帶走的一件物事，就是一面鑲著在烏木框裏的鏡子。是不是我們越是要逃避的東西，它越要像附骨之蛆一樣跟定我們？它不再是惡魔隱秘的面孔，它也不再與奢華有關，它只是我們家族的一個紀念，留在我手裏的一件信物了。這些年，我出行，它就在船上陪著我，我上靈岩受戒，它在禪房裏最早照見我頭頂的疤。

我時常拿著這面鏡子，把它朝向四面八方，這樣便能製造出太陽、月亮和天空中的其他星宿，我也可以製造出動物、植物、家俱，但那都是徒有表沒有實質的東西。令人目眩的鏡子製造出各種幻覺，它像夢一樣提示著看不見的事物。但時日一久，我發現我離不開它了，就像我離不開那些夢。我明知它的虛幻和危險，我就是離不開它。

我有時是董說，有時又成了一個連我自己也不認識的人。鏡子讓我明白了，人永遠是他自己又是另一個人。

人應該關照自己的靈魂，它是人的本質，靈魂正是需要映射來認識自身。但同時又會有一個聲音在心底裏喊：遠離顛倒夢想，那就離鏡子遠遠的！每當這樣的時候，我情願把鏡子看作虛構的分身，維護著我的幻覺和譫妄。我就要這樣的半夢半醒。

我是把世界都看作鏡像，把萬物都作為我的鏡子了：夢是我的鏡子，香料是我的鏡子，雨水是我的鏡子，鐘聲是我的鏡子，孫行者是我的鏡子，小說是我的鏡子。

原來這一切只不過是鏡像的魔術。不僅虞美人的樓臺、唐朝的宮女映照在湖水的反光中，甚至孫行者，甚至這本小說，也可能來自烏有鄉，來自秋陽下水藻交横的湖底衍射上來的一縷光線。

鏡子是我的慾望、恐懼與內心交戰的沈默的見證。

我現在像是明白了，我在鏡子裏看見的那個人並不是我。我才是影子，鏡子裏那種人的影子。放下小說，我想進入到鏡子的背面，換到影子的位置上，逃避沉重而不確定的現實。我輕輕一躍，一頭衝入了鏡子。額頭劃開了一道小口子，傷痕難以察覺卻足以致命。僮僕取下了那面因撞擊而碎裂的鏡子，進入鏡子背面的我看見自己被地上鏡子的碎片映照了出來，不是一個我，是千千萬萬個。

那孩子問：你在這一地碎裂的鏡子裏尋找什麼？

心會迷失方向，但時間不會，時間有著一個恒定的方向。我張了張嘴，卻什麼聲音也發不出來。

14

卻說行者在半空中走來，見師父身邊坐著一個小和尚，妖氛萬丈，便曉得是鯖魚精變化，耳中取出棒來，沒頭沒腦打將下去，一個小和尚忽然變作鯖魚屍首，口中放出紅光，行者以目送之。但見紅光裏面現出一座樓臺，樓中立著一個楚項王，高叫：虞美人請了。一道紅光逕奔東南而去。

唐僧問：你在青青世界過了幾日，我這裏如何只有一個時辰？

行者：心迷時不迷。

唐僧：不知心長，還是時長？

行者：心短是佛，時短是魔。

注：此文本事，見十七世紀南方文人董說和他創作的小說《西遊補》。董說（1620-1686），字若雨，明亡後為僧，號月函，浙江烏程（今吳興）人。著有《董若雨詩文集》二十五卷。其事蹟散見清光緒九年同治本《湖州府志》，民國十一年本《南潯志》。

三生花草

前生

蘇堤有一段時間經常做夢。有一次他夢見了杜少牧，杜少牧牽著一頭黑驢，走在春風十里的揚州路上。太陽底下，他竹竿一樣瘦的身子一晃一晃的，就像風一吹就要消失的樣子。還有一次他夢見了坐在一大群姑娘中間吃花酒的柳三變，柳三變講了一個葷段子，坐在他膝上的一個姑娘笑得全身的肉都動了起來，噗的一聲把嘴裏的酒都噴出來，灑在柳三變的衣襟上，姑娘正要抬手去擦，這時窗口飛進了伏在井欄上打水的一個老婦的歌聲，唱的正是柳三變填詞的一支新曲。在最近的一個夢境中，經常出現的是一條寬廣的河流，陰沈沈的天空壓著河面，氣氛十分肅殺，一個瘦高個的男人峨冠博帶，滿面愁容走在河邊，他的內心好像有著說不出的巨大痛楚，不時頓足捶胸，嚎啕大哭。後來他在一個河灣上蹲下身，捧起一塊大石頭綁在衣帶上，拉了拉，還不放心，又打上了好多個死結。他想起來了，那條河是湘江的一個支流。他剛到長沙實業學堂教書的時候曾經去尋訪過，還在河邊為那個死去了兩千年的人燒了一刀自己的詩稿。

蘇堤後來對劉三說：「我就是轉世的杜少牧，我就是那個寫通俗愛情詩歌的柳三變，我還是那個把香草比作美人把美人比作君王的死了兩千年的詩人。」

西湖

臨終一刻，蘇堤看見了孤山腳下那條通往西泠橋的道路。路面慘白，落滿了腐葉和塵土。

一團黑墨般的烏雲在天邊翻捲，驚雷響過，偶爾露出的幾絲光亮愈顯得猙獰。風，像是從湖中央生成的一樣，發出暴虐的嘯聲，它就像一隻看不見的手掌，追趕耍弄著還在湖上東飄西蕩的幾隻遊船。接著，白亮亮的雨點就劈頭蓋臉砸落下來，打得山道兩旁的樹葉籟籟響。

蘇堤剛從白雲庵下來就趕上了這場豪雨。秋天的杭州還會下這麼大的雨他可想不到。他一直以為西湖是溫婉的。這座城，這座終日薰風如織的南宋遺城是溫婉的。他想不到的是第一回到杭州，杭州竟會以這樣一種方式迎接他。雨眼見得是越下越大了，密雨驟風裏有著隱隱的金戈殺伐之聲。他跑進湖邊的八角亭，回頭望望身後的雷峰塔，已經被一片白茫茫的雨氣遮沒了。

他是以一個出家的人的禮節拜會白雲庵住持的。他的職業是一個教員，但自從十六歲那年在廣州蒲澗寺初次披剃，他內心裏一直認為自己是個真正的佛門中人。此次他跑來白雲庵是想求住持再度剃度的，但住持說出一句偈語就閉上眼睛沒睜開過，那句偈語是：春樓風中雨過牆。他無以應對，住持也一直不對他說一句話。下山的路上他一直在想，這老和尚是不是看我慧根太淺，還要我在人世間再加歷練呢？春樓風中雨過牆，這應該是一句不錯的詩，但下聯在哪兒呢？

蘇堤站在湖邊的石亭裏，雨無論從哪一個方向過來都可以打著他。他想這就像厄運，一個人跑到天涯也避不開一樣。古亭的柱子上有聯，字跡已然漶漫，蘇堤還是一個字一個字讀出來了：豔寒宜雨露，香冷隔塵埃。不知怎的他一下就想到了葬在斷橋之側的蘇家的小妹，蘇小小。青驄馬，油壁車，香風輕拂玉人來。他沉吟著，一任雨打在臉上，衣衫盡濕也渾然不覺。雨地裏傳來一陣笑語喧嘩，抬頭看時，三兩個人影正共著一柄黃布雨傘，大呼小叫著向著亭子飛一般涉水而來。

那時他還不知道，許多個日子後，還有人會提起一九〇五年秋天他初次造訪西湖的事來。他站在湖邊石亭的情景會被人寫進一本書。那一年初秋的雨中，向著湖邊石亭跑來的劉三，後來成了蘇堤最知心的朋友，就是他，在晚年的回憶錄中，這樣描繪蘇堤當時的神態：「那年秋天，我因為寫了一本鼓吹立憲的書惹禍上身，在杭州孤山一帶避風頭，有一天攜賤內遊湖，遇上了大雨，路過靈隱岩下一個石亭的時候看到了一個束著頭髮的少年，他外面穿的是出家人才穿的一件衲衣，領口露出的內衣卻非常華貴。他好像沒有看到大雨似的，好像也沒有看見我們。我看他的眉宇之間有一股逼人的悲壯之氣，當時我還對賤內說，這肯定是一個奇人。我後來才知道，他就是偉大的詩人蘇堤。」

東京（一）

我那年去東京是尋找我的生身之母的，卻想不到會陷入一場和藝伎的戀愛。這再一次印證了人生就是在暗夜裏行路，你定好的是這個目標，卻會走到另一個毫不相干的地方去。我的父親蘇傑生是一個茶商，確切地說是英國茶葉公司在日本國的買辦，他幹得很賣力，很得英國人的賞識，幾年經營下來用攢下的薪金在橫濱郊外的山下町置下了一處房產。我成年後，還有許多人對我父親在日本的那次盛大婚禮記憶猶新。我父親那次娶的是一個叫河合仙的日本女人。這樣，加上結髮妻黃氏（我叫她大娘）。我父親就有了兩個老婆。但這兩個女人誰也不是我母親。我的母親是那個叫河合仙的女人的妹妹，他們告訴我她的名字：若子。若子，這真是一個好名字。若子是那一年跟隨她出嫁的姐姐一起到蘇家的，在蘇家做幫傭。我後來知道，我父親讓她懷孕那年她才十七歲。所以你也可以這麼認為，我的父親蘇傑生有三個老婆。

我的記憶中一點也沒有生母的印象，因為據說她生下我三個月後就離開了我父親，從此下落不明。我猜想這裏面肯定包藏著一個巨大的秘密。我六歲那年就隨大娘返回了原籍：廣東香山。我的同鄉裏有一個非常有名的人物你們都知道，他就是孫逸仙，這個人對我的一生產生過非常大的影響，不過那時候我們還沒有結識。我在香山待了沒多久就到上海去了，是一個遊方和尚的一番話使我祖父和大娘下了這個決心。那和尚說我體質羸弱，從小又沒有好好調理，恐非長壽之相，應該到有水的地方去。上海不是帶水嗎，再說祖父在那邊也有朋友，於是過不多久我們全家就坐船搬遷到上海了。我就是在上海受的新式教育，我的授業師是個西班牙人，他有個中國名字叫莊湘，最早是上海某個天主教會的教士。我們搬去上海的時候，他已經在這個城市待了十多年，是個地道的中國通了。他後來成了我祖父為數不多的朋友之一，他們經常在一起討論共同感興趣的天象和東西方曆法。這裏還應該提到他的女兒雪鴻，因為在我的生命中她也是一個重要的女性。不過那時她還是一個胖乎乎的小女孩，一點也不漂亮，說中國話還老是咬舌頭。和我們不一樣的是，她有一雙深水一樣湛藍色的大眼睛，她看著我，裏面就一汪一汪的，好像要溢出來什麼似的。我仔細研究過她的眼睛，可是除了在裏面看到變成了小人兒的我自己，我什麼也沒有發現。

在和百助眉史交往之前，我已經寫過幾十首詩，可是朋友圈子裏一直把我看作一個半吊子的詩人。他們認為像我這樣一個商家子弟去弄詩只是為了附庸風雅或沽名釣譽。我剛開始學詩的時候，他們一個個的都笑話我，我把徹夜不眠嘔心瀝血寫成的詩句恭恭敬敬遞上，他們輕輕地掃一眼就還給我，鄙夷的神情就好像是我遞給他們看的是一堆大糞。最初我是跟太炎先生學詩的，可是他從來沒有好好教過我，照他的說法，他是看在我祖父的面子上才讓我有一個弟子的名分。在東京神田清壽館和我同住一屋的陳仲甫曾經毫不客氣地對我說，你連押韻、平仄都不懂就想寫詩，這就好比一個還沒滿周歲的小孩，沒學會走路就想跑了。他們開了一大難書目讓我好好去讀，什麼《千家詩選》《唐人絕句大全》《漱玉集》《花間詞》，可是我每本書翻開過一兩頁就丟掉了。我還是覺得我是對的，寫詩完全是一件個人的事，一點也沒有必要去撿古人牙慧，這是一件很自然的事，就像人要吃飯要排泄一樣，它並沒有像那些人說的多麼的高尚。當然這話是對那些天生是詩人的人說的，我覺得我就是一個天生的詩人，我非常偶然地來到這個世界，就是為了寫出一首甚至那麼一行讓人記住的好詩的。

從東京回到上海，我曾經把獻給百助姑娘和其他一些歌伎的詩作裝訂成冊，在朋友圈子裏流傳，我記得他們當時吃驚的神情，就好像吞吃了一隻蒼蠅，張大了嘴巴好半天也合不攏來，他們太吃驚了，他們對我這樣一個所謂的紈絝子弟寫出這樣清豔脫俗的詩句感到太不可思議了。有人開始小心翼翼地讚美我是一個有前途的青年詩人，還有人則激動地宣稱一個天才的少年詩人橫空出世了。但他們看著我的眼神還是怪怪的，這就好比平江不肖生寫的小說裏，江湖上一個沒有一點武功的人一夜之間突然成了絕頂尖的高手，他們脆弱的自尊心一下子還真無法接受，他們懷疑我在東京的一段時間也有過什麼奇遇。但只有我自己清楚，要說有什麼奇遇，那就是百助姑娘，以及隨她之後在我生活中出現的那一群漂亮藝伎，正是她們，使我死水一樣滯住的詩句流動了起來，有了活泛的生氣，有了自己的聲音。是的，在我的詩歌裏，你可以看見她們美豔照人的面容，聽見她們的說話和呼吸的聲音。

前面說過，那年春天我到東京是去尋找我的母親的。我的朋友劉三和陳仲甫在我來之前半個月已先期抵達。為了節省開支，我也搬到了他們住的神田清壽館裏。偌大一個東京，要找一個人談何容易，再說我除了母親的名字別的什麼也說不上來，他們陪著我跑東跑西，十幾天下來還是沒有一點線索，我父親不知怎麼的知道了我來了東京，託人傳話要我去看看他們，他說你不來看我沒關係，可是你一定要來看看二娘，二娘有話要和你談。我猶豫不定是不是該去一趟橫濱。看我連著幾天一直鬱鬱不振，他們都很擔心。有一天劉三提議我們找一家清酒館去坐坐。路上，劉三神秘兮兮地說，我們去唐昭提寺近旁的一家吧，保證你們不虛此行，聽說那兒新來了一個藝伎，像一個玉人兒似的，還會彈一手好箏。陳仲甫說，六指，我們兄弟吃酒歸吃酒，找女人幹什麼？劉三的左手長有駢指，我們都叫他六指，他也不惱。劉三說，夫子你心裏怎麼想的我又不是不知道，作什麼假正經呢？他們嘻嘻哈哈一路打趣著，我知道他們是為了逗我高興。就這樣，我們走進了那家清酒館，遇見了那個叫百助眉史的姑娘。

她身穿和服，恬靜秀麗，頭髮高高束起，梳成兩個粉紅色的蓮花同心結，垂著兩條絳紅色的絲帶。她的眉毛是精心修剪過的，她的臉上只是淡淡的著了點色。天色漸漸暗去，侍僕進來點了支燭，三個人裏我坐得離她最近，可以清楚地看到燭光照著她的臉上淺淡的絨毛。在我們要求下，她調好了箏，手指輕撥，一串清冷的箏樂水珠般在室內四濺開來。燭光無風自動，她的影子也在輕輕晃動。我一眼不眨地看著她，她的臉，她的手指，我從來沒有這麼近地盯著一個女性看過。我的心好像也被一雙素手輕輕彈撥著，近幾日身體裏面壓著的東西突然輕雲一般散去，箏樂流淌，在我空空的身體裏撞來撞去，我的身體變得很輕很輕，好像被什麼帶著一樣向高處飛升。那一天，大概我看百助眉史彈箏的樣子太出神了，有點失態，回來的路上他們兩個取笑個沒完。劉三說，不得了，和尚動凡心了。陳仲甫說，六指，你難道看不出來，我們的蘇堤小弟是情竇初開？

我沒有申辯，我的心裏充滿著說不清的喜悅和悵惘，如果我說我在看著百助姑娘彈箏時就好像看見了我母親，他們會相信嗎？我想他們恐怕要笑死。我不說話，他們更認定我是看上百助姑娘了。

很多天裏，百助側著頭撫箏的樣子總是浮現在我眼前，我按照記憶中她撫箏的形象畫了一幅小像，在背後題了一首小詩，吩咐門房送去。隔幾日，我一個人去那家清酒店，她抬眼一看是我，眼底裏突地像清水起了漣漪，她一把握住我的手，欣喜地說：「淡掃蛾眉朝畫師，同心華殿結青絲，你真是寫我嗎？你畫的那個人真的是我嗎？」其實我是在看過她之後，按照我想像中的母親的樣子畫的，但看著她那麼執切的樣子我就不好實說了，我就點點頭。她笑了，那是一種發自內心的真正歡快的笑聲，像水聲一樣清越，她紅著臉說：「她們說，這一行幹久了就會有很多人寫詩給你，可是我還是第一次讀到有人寫給我的詩哩。你寫得太好了，真是太謝謝你了。」這是我第一次聽到有人說我的詩寫得好，雖然她是一個藝伎，但是我還是很高興。我裝出很老道的樣子說：「那都是因為你箏彈得好，人也長得漂亮。」她臉上飛起了兩片紅暈，低下了頭：「我是真心的感謝你，想不想聽我再彈一曲？」

東京（二）

嚴格地說，百助眉史是我生命中出現的第一個女性。正如你們現在知道的，我出身在一個很古怪的家庭，它看起來很新式，卻包含著許多腐朽、陰暗的東西。在這樣一個家庭裏，我從來沒有得到過那種溫暖的、容你有點小小的放任和無賴的愛。六歲以前，我已經對二娘河合仙乖張的舉止和性情有了鮮明的記憶，她沒有為我父親生下子嗣，我也算是她名份上的兒子，可是她給予我的不是愛而是說不清的仇恨。她那雙柳葉般細長的眼裏射出的光總是讓我感到寒冷。五歲那年，我玩耍時不小心打碎了一隻景德鎮花瓶，她竟罰我在地上跪了大半夜。從那以後，我一看到她白得沒有血色的臉就會聯想到冬天河裏結的冰。後來我跟大娘回了原籍，可是大娘的心思全都讓大哥和二姐占去了，留下來給我的只是一個極小極小的角落。這樣的環境裏，我無時無刻不在想念我母親，我受了委屈，就想撲在她的懷裏大哭一場，我有了一點高興的事，第一個想到要告訴的也是她。可是茫茫天地她在哪裡呢？她好嗎？她是不是知道我在想著她？我按照內心的願望一次次地修改她的面容，把跟莊湘老師學的一點西洋畫技法也全用上了。在一幅我保存至今的小像裏，母親披著一襲白紗，漫步在河邊櫻花樹下的草坪，她眉頭微顰，就像曹子建曾經夢到過的洛神一樣憂鬱而又美麗。

很長時間，我對母親的愛使我忽略了身邊所有的女性，我遭遇了她們，可是我好像沒有看見她們一樣，她們就像你行走時掠過身旁的風，就像雪天落在你身上即刻就融化的雪，我癡頑的心從來沒有留意或者鍾情過哪一個。我說百助眉史是我生命中出現的第一個女性，這不僅僅是因為她是第一個與我有肌膚之親的（但也僅止於此），更是因為她讓我領略了什麼是女性的柔女性的美。那一天酒館裏很冷清，就我一個客人。聽完百助彈箏已經很晚了，起身告辭的時候，我突然很想撫摸百助一下，不管撫摸她身體的哪一個部位，就像撫摸我從來沒有見過的母親一樣。我嚇壞了，我為自己有這樣卑瑣的念頭感到害怕，但這種慾望是那樣的強烈，就好像她光潔的臉，她微啟的唇有一股吸力，把我的手指向那裏牽拉了過去。是的，我們接吻了。是的，那一刻，那天旋地轉的一刻是我生命中最重要的時刻。她是那麼的柔軟，她的手，她的腰，她整個的身子，她的舌頭在我的嘴裏像一條小魚，不知疲倦地游呀游。

那一夜，我不知道是怎樣回到旅館的。我的心裏甜蜜而又疼痛。我想我幹了什麼呀！一連好幾天我都沒有去見她，我渴望去見她，又怕見她，我的身體裏好像有一隻老虎，它又掙又跳，暴烈地大叫，讓我渾身發抖。我知道那就是情慾，火一樣要把人活活燒成灰燼的情慾。我真怕自己接下去會做出什麼來。為了關住這隻內心裏的老虎，我強迫自己坐下來一首接一首地寫詩，詩是這隻老虎的毒藥。為了讓這隻暴躁的老虎平靜下來，我只好不停地寫詩。我想不到的是，百助竟會一個人跑到旅館來。那一天仲甫和劉三正好有事出去了，她穿著素花小襖，突然出現在我面前。她一見我就小鳥一樣撲進我懷裏，都快要哭了，說，為什麼好些天不見你來？我囁囁嚅嚅，謊稱病了。她伸出小手在我額頭上一探，又摸了摸自己的額頭，呀了一聲，說，是呀，頭都發燙了呢。她說，我那兒有去年冬雪化的水，泡上乾菊花醫頭疼最好了，我現在就給你取來。我忙說不用，不用。其實一看到她，我內心裏的老虎又甦醒了，它正暴躁地在我身體裏轉著圈，它的牙齒咬得格格響，它的爪子從我的身體裏伸出來，好像要把周圍的空氣都撕成碎片。我拼命抑制著它，不讓它撒野，這樣我臉上的神色就愈加顯得痛苦了。她也更認定我病得不輕。她扶我到床邊，要我躺下。我聽話地躺下了。她緊緊抱著我的頭，我聽到她的身體裏有一隻小鹿在嘚嘚嘚奔跑。我也緊緊抱著她，她捲曲的一綹髮絲拂著我的臉，讓我的心又是酸又是痛。她光潔的身體是那麼的小，那麼的小，我輕輕一摟就全在我懷裏了。我幾乎又酸楚得要掉下淚來。可一轉眼，我又聽見了那隻老虎咻咻的鼻息聲。它使我渴望去踐踏，去佔領，去摧毀。我聽見我的呼吸和它的呼吸合在了一起。我看見我的臉也和它一樣變得猙獰。我一個激靈跳了起來，我混沌的腦子裏現在只有一處亮光，我只是迷迷糊糊地覺得，我再也不能這樣了，我不能玷污她，也不能玷污我自己。她看著我，眼睛裏先是充滿迷惑，後來是不安，當我穿好衣服，她裹緊被子，肩一聳一聳的，無聲無息地哭了。

難道真如他們說的，是佛性返照使我懸崖勒馬的嗎？不是，絕對不是。那一刻，當我離開百助火燙的身體那一刻，我想到的其實是我的母親。我來找她，遭遇了百助，正是她的柔情使我一直渴望的母愛變得觸手可及。我離開了她的身體，我暗暗下了決心要永遠離開她。但是到了我抑制住強烈的情慾，決定把她，把以後所有遇到的女性都只是當作姐妹，我才感到女性的美麗是一種多麼驚人的力量，它能夠撫慰人心，也足以傷人。這種力量就像鈍器的撞擊，外表不見傷，可身體的裏外都痛了。我的眼裏因這美麗而流下了淚。她走後，我撫摸著自己的臉，感受著她在我的臉上和手指間留下的愛情的氣息，這氣息讓我的心裏像插著一柄刀，一柄緩緩轉動著的刀子。

自那以後，我和百助再也沒有單獨在一起過，以後每次去，相陪的除了她，總還是有一些別的藝伎在場。我就是這樣認識阿可、國香、阿蕉、柳煙她們的。風和日麗，歲月靜好，我也不想去尋找我的生母了。該出現時她自然會出現，她不想見我，我是跑到天涯也找不著她的。日日歌宴昇平，我悠遊其間，日子過得順風順水，那時我自然想不到，過不足月，百助會把我送她的那張小像還給我，一個人悄悄離開，在東京到長崎的船上跳海自殺！那一天得知噩耗，天正下著雨，我淋著雨像匹野馬在城裏亂跑亂闖，跑得一點沒力氣了讓人當作瘋子送了回來。他們說，我迷糊著的時候一直在唱著這樣一支歌：

我是一滴淚水呀
在這個世界上流淌
我如此孤獨地流淌
流過誰的臉龐
我是一滴淚水呀
在黑暗中閃閃發光
黑暗中誰的眼睛
是我親愛的故鄉
……

上海

一九一八年暮春，三十五歲的蘇堤在上海廣慈醫院即將走完他的一生，彌留之際，他對一直守候在床邊的好友劉三說：「我死後把我葬到西湖的孤山腳下吧，在那兒我可以天天聽到白雲庵的鐘聲。」

這年開春，他和劉三又一次去了杭州，住的還是以前經常落腳的白雲庵。那些日子正好有一場寒潮侵襲江浙，雲團低迷，白雲庵的幾樹寒梅在他們到達的那一天正好開了。雪地紅梅，有一股逼人的豔麗，蘇堤很高興，認為這是一個吉兆。那天傍晚，他們在住持陪同下用完素齋，兩個人在禪院前的放生池邊散步，蘇堤興致很高地吟了兩句詩，「齋罷垂垂渾入定，庵前潭影落疏鐘」，可能是回廊風嗆了嗓子，吟罷他沒命地咳嗽起來，竟咯出了一灘血來。劉三慌了神，蘇堤反到過來安慰他，說，沒事，真的沒事。劉三說，「從來詩人不長命，我們還是安安心心做俗人吧，你沒看見你的詩稿一天比一天重起來，可你的身子在一天比一天瘦下去？再這樣下去怎麼得了？」多年以後，劉三翻檢蘇堤遺作，回想起那一次杭州之行，才明白事情的結局已經提前在他的詩中出現了，那一句詩是：西泠終古即天涯。

聽蘇堤說完那番話，劉三明白，他或許已經看見了自己一生的終點，有句話他想說，終於還是沒有說出來。那句話是：詩人沒有一個好下場的，因為他們說出了上天不允許世人知道的東西，你用文字創造出了比自己更崇高的東西，終於導致了自己肉身的毀滅。

蘇堤緩緩張開眼睛，看見劉三還坐著，「劉三，我覺得我的一生是在不停地兜著圈子。」

「是的，我們都一樣，我們每個人的一生都是在莫名其妙地繞圈子。」

「我小時候，有個老和尚說要往有水的地方走，這樣我就到江南來了。我八歲到上海，又到過江南那麼多美麗的城市，現在，我又回到上海來等死了。」

「呵，江南……你喜歡江南嗎？是的，你喜歡，這裏的天空總是雨氣迷濛，永遠像沒乾的油彩，除了這裏的冬天太冷，害你老發哮喘，別的看起來還真不錯。」

「南京、長沙、蕪湖、溫州，還有我最喜歡的杭州……想起來真是上一輩子一樣遠的事了，可惜，我要到下輩子去了。」

「不，等你病好了，我們可以去我們想去的任何一個地方，你說的這些城市，有好些我們還是一起住的呢。」

「不，你不用再安慰我了，時間到底是什麼？我想我這一生是參不透了，這二三十年，真的流水一樣嘩嘩地流走了，再也不回來了？真像一場夢啊，我將這些時間的片斷，保存在我們到過的那些地方了，有一天這些過去的時間或許會復活呢……」

劉三想，他為什麼會有那麼多奇怪的念頭呢？要在過去，兩人早就爭了起來，可是現在，只能靜靜地聽他把話說完。

「知道我現在想什麼嗎？呵，我看見了杭州，看見了雷峰塔、白雲庵，看見了孤山腳下通往西泠橋的道路，那條路，積滿了塵土和落葉，走上去像踩在棉花朵上一樣柔軟……」

蘇堤不說話了，他闔起了眼睛，他的一縷魂，好像悠悠蕩蕩的正在一個個城市間趕來趕去。劉三猶豫著，自己是不是該輕輕地帶上門走開了。

「我早歲披剃，立志把一生獻給我佛，可塵世碌碌，學道無成，學詩也無成，現在想想，我這一輩子最對不住的還是那些冰清玉潔的女子。」

「你是說……百助姑娘？」

「哦，是的，還有她們，金鳳、花雪南、真真、阿可、小如意……還有雪鴻，我記得在杭州和你說到過她的。」

「雪鴻，那個拿著一束曼陀羅花和含羞草來見你的西班牙女孩，你的老師莊湘的女兒？是的，你說過，你拒絕了她，她傷心欲絕，她回西班牙了是嗎？」

「如果老天不是那麼急地催著我走，我想寫一本小說，把我生命中經歷的這些女子的面容和她們說過的話都記載下來。時間會給她們的額頭刻下皺紋，她們的紅顏皓齒會在歲月的流逝中變換顏色，但在我的小說裏在我的記憶中，她們永遠停留在生命中最美麗的時刻。我要在這本小說中大聲說出一直沒有對她們中的任何一個說過的話，我要大聲說，我愛你們，我的姐妹們！是你們引領我這污濁的肉身向著光明飛奔，如果上天能夠容我再苟活幾個月時間，我想，到了冬天我就可以寫成這本小說了。我想好了這個小說的題目，《斷鴻零雁》，或者是《三生花草》。」

他絮絮叨叨地說著的時候，劉三一直握著他的手。慢慢的，他的手變冷了，變得冰涼徹骨，像一條死去的魚。下午四時，醫生出來告訴病房外守候的人，蘇堤停止了呼吸。

今世

我本來是打算用手頭的這些材料寫一篇詩人的傳記的，可是隨著寫作的推進，越來越偏離早先定好的這個方向了。我想寫到這裏，詩人停止了呼吸，這篇東西也應該劃上句號了，因為時間也不允許我再無休止地拖下去。我剛剛告訴和我同居了兩年的何青青，我已經辭掉了鎮上那所中學的工作，過幾天就要去上海了，我姐夫在他自己的建築公司裏已經為我留好了一個位置。我喜歡上海。

結束每天的寫作，我都要喝點什麼，吃幾塊餅乾或者麵包。我把窗拉開一條縫，好讓煙霧吹散。下弦月已經落下去了，樓群裏的窗也大多暗了下去。我剛拉開一罐啤酒，突然聽到背後躺在床上的何青青呼吸急促，不安地扭動著身子，嘴裏還嘰嘰咕咕地喊著什麼。

我給她蓋好蹬開的被子，她突然醒了，眼睛睜得大大的，充滿恐怖。她撲進我懷裏，我說，你一定做噩夢了吧？她急促地、好像置身於一場熱病中似的說：「我走在一條長長的走廊裏，走廊的盡頭亮著一盞燈，很亮很亮，燈下有一張雪白雪白的床，床上躺著一個死去的男人，我好奇地想去看看那人是誰，他身上蓋著的白布突然被一陣風吹走了，我看見了他的面孔，不不，我看見的是你的面孔……」

我說：「真對不起，你好像受了我的胡思亂想的影響。」

何青青瞪大了眼睛：「這怎麼可能？」

「是的，因為你向我說的那個夢，很像我剛剛寫完放在這裏的草稿。」

「你說你在寫一個小說？」

「小說……唔，就算是小說吧，我想寫一個詩人，他非常愛他遭遇到的那些女人，她們也愛他。可是他強迫自己離開了她們。」

「他還活著嗎？」

「不，八十年前他就死了，死後葬在西湖邊，孤山腳下的西泠橋下。」

何青青說：「你這樣一說我更害怕了，明天我們去鎮東的七磊寺，去卜個吉凶吧，聽說那裏有個六指頭陀，神得很，如果不去，我心裏頭總不踏實。」我笑話她太迷信了。何青青說：「沒有這個夢，在你動身去上海前也是應該去的，問問你的前程，再問問我們的將來。」

想不到第二天是個微雨的天氣。七磊寺離鎮子七八里遠，還要翻過一道小山坡，山路讓雨水泡得發了軟，我們自行車的前後輪都裹滿了泥，兩人累得氣急，才趕到那個破敗的小寺廟。

何青青跪在蒲團上很虔敬地叩拜，一邊嘴裏還念念有詞，鬼知道她在許什麼願。完了她還要我也跪著，向上面黑咕隆咚看不清面相的佛像行禮。拜完了，住持過來給了我一隻黑漆漆的竹筒子，我抖了抖，一支竹籤啪地掉落地上。

住持口宣佛號，問占什麼。我看見他左手小手指邊上長了一個駢指。

何青青搶著說，「就問前程吧。」

他定定地看著我。他的眼裏好像有一股說不清的力量，吸引著我也看著他的眼睛。就在這時，他緩緩開口道：春樓風中雨過牆，我心向天幾度香。那一瞬間，屋頂和寺外的雨聲消失了，身邊的何青青消失了，那兩潭不見底的深邃裏就像翻捲著無數時間的煙雲。我想要麼是幻覺，要麼就是我靈魂出竅了。何青青扯扯我，他拗裏拗口的都說了些什麼呀？我一定神，他的眼裏又像石頭一樣寧靜了。

三天後，我一個人悄無聲息地坐上了去上海的火車，臨走沒有跟任何一個人打一聲招呼。很多個日子後，何青青寫來一封信，對我的不辭而別還是耿耿於懷，信裏說，既知今日，何必當初，當初你為什麼要跟我好呢？

我在天元寺的秘密生活

夜裏，我踏著月光去山房打坐。樹林裏有狼的嗥叫，這聲音一忽兒遠，一忽兒近。念慈跟在我的身後，他說，師父，我怕。我說，你看看月光吧，月光透過槐樹葉，在你面前出現了一個個灰色的光斑，你好好看，就不會害怕了。我這麼說，其實自己也有點心神不定。好多天了，不知道這不安來自哪裡。有時林間的一聲鳥鳴，也會讓我心驚得打一激淩。無論如何，一個有道高僧是不該這樣的。

我推開山房虛掩的門，影子跌進裏面，驚起了兩三隻蝙蝠，它們吱吱地叫著飛出來。念慈驚叫一聲抱住了我，我惱怒地甩開他的手，沒出息。念慈嚶嚶的哭出聲來，他抽噎著點亮了蠟燭，我在蒲團上坐定，閉起眼睛，向他揮了揮手。他沒有動，我能感覺到，他深凹的眼眶在一動不動的望著我。我的聲音把我自己也嚇了一跳：快滾，你為什麼還不滾？

念慈瘦瘦的身影在我眼前消失了，他的布鞋一下一下拍打著冰涼的月光。這個大腦門、深眼眶的孩子，長得越來越像我三十年前認識的一個孩子了。他的黑眼珠子盯牢我，似乎要把我在天元寺這三十年的日子看穿。十三年前，雲遊的我，從一個剛剛遭受瘟疫的荒村裏把他抱來的時候，無論如何是想不到這一點的。那時的他，蜷著身子，還沒有一隻小貓大。是的，我抱養他的心情跟養一隻貓也差不了多少，佛門清淨地，沒有活物陪伴我會老得更快。

這些日子，我晨暮的課誦變得口是心非。風吹著僧房外的槐樹葉，嘩嘩的響，這聲音好像是馬在淺河裏踏過。我閉起眼睛，就看見那匹紅馬，那匹我乘過的紅馬，打著響鼻向我跑來。跟那匹馬同時出現的，是一個孩子，一個皮膚黝黑的孩子。一個聲音在心裏邊說：快了，快了。我想可能是我老了，天元寺周遭的草木，都已經歷了三十個春秋，我能不老嗎？春天的時候，一個燒香客哭著告訴我皇帝被擄到北方的消息，我古井一樣的心裏沒有一絲波動，這世界的事，離我已經像天邊的雲一樣遠。後來，山下跑過了成群結隊啼哭的難民、跑過了馬隊（馬蹄踏擊大地，揚起的塵上遮沒了太陽）。再後來，改朝了，百姓都穿上了北人騎射的胡服，但天空還是像一柄三十年前的大傘。黑色的雲團吞噬著太陽，又把太陽吐出來。

那匹馬肯定成了一堆朽骨。那個多年以前的孩子，如果他不死，一定還會來找我。我要在他找到我之前，做完回憶的功課。

噓，你聽，馬蹄聲在響⋯⋯

黃土驛道向著南方延伸，風聲呼呼，像是打鐵匠的風箱，吹乾了我身上的血漬，它們搖動道旁的樹，紅葉紛飛，如同一隻隻殘破的手掌。我打馬在秋天的驛道上急急南馳。在這之前，我是帝國戍邊的一名軍士，現在，我是一個信使。

進入秋天，邊境的戰事出現了膠著狀態，在最近的一次戰鬥中，我們吃了輕敵的虧，十萬大軍被圍困在瓦喇子山，胡人切斷了我們的水源。一天晚上，胡人突破了中軍大營，我們只有數十騎突出重圍，但都已血染戰袍。將軍選中我做信使，把這個不吉利的消息送到京師，只能解釋為他對我的報復。誰讓我在大戰前譏笑他不懂兵法，現在，他終於讓我知道了厲害。誰都知道，我們帝國那個八歲的皇帝是多麼熱切的盼望著好消息。那些送去捷報的信使，得到了數不盡的錢財，有些還封官蔭子，而那些送去壞消息的，都被他砍了腦殼，因為他相信，正是他們給帝國帶來了晦氣。

揚起的灰塵打在汗濕的身子上，我的衣衫變得又乾又硬。三天的奔馳後，驛路上紅色枝幹的松樹少了，代替它們的是一汪汪泛著水色的稻田，蔥蘢的小山包。這裏已是江南地界，離京師不遠了。明朗的天空像一個巨大的虛空，高懸頭頂。現在我時時感到背上的錦盒透出的涼氣，砭人肌骨的涼氣。我知道，當我把這個錦盒交到皇帝手上，離死期也就不遠了，但如果我回去，還是逃脫不了軍規的懲處，我的腦殼還是要離開我的身體。將軍總這樣說，人都是要死的，一個軍士，他最好的死法是血濺黃草，馬革裹屍。那麼一個倒楣的信使呢，是不是交卸了差使還要把自己的性命交卸出去？說實話，我不喜歡這樣的死法，一點也不喜歡。

我放慢了馬的腳程，抬頭望著山崗前滑翔的鷂鷹，我的模樣十分悠閒，就像一個從京師應考回來冶遊的書生。鴿鷹，我心裏面默念著。有時做一隻鳥的確要比做人更快樂些。它從這個山頭飛向那個山頭，它兇猛地撲向草叢裏的獵物，那麼的自在，誰也對它們沒有辦法。我這樣想著的時候，眼前就彷彿出現了我們帝國處死人犯的刑具，一絹白綾，或者一碗鴆尾劃過的酒，那還是有名望的大臣才有福氣得到的，等待著我的更有可能是磨得飛快的刀刃，一根繩索，擊頂的瓜錘。一陣涼氣從腳底下直往上竄。

山迴路轉，一群山羊竄了出來。紅馬長嘶一聲，抬起了前蹄，山羊炸了群，跑進了路邊的林子裏。羊倌揮舞著柳條絲編的鞭子，東趕西圍，但受了驚的羊再也不聽他的。現在，他沈著臉，一步一步走到了我的臉前，我看清了，他其實還只是個孩子。

「你要賠我的羊。」

「明明是你的羊擋了我的道，怎麼反倒要我來賠你的羊？」

「你一定得賠。」他固執地堅持著。

「如果我說不呢？」

這孩子深凹的眼裏閃著一種瘋狂、「反正我回去也要被主人打死，現在我也可以死給你看。」

這孩子的膽真大。我的心動了一動，「我可以幫你把羊找回來，但你必須答應給我做一件事。」

「憑什麼要我答應你？」

「就憑它，」我拍了拍馬背，「如果你答應了我，這匹馬就歸你了。」

他的眼裏掠過了一絲喜悅的光，「說，要我做什麼事？」

我解下背上的包裹，一層層解開，露出了裏面的錦盒，「你把它送到京師，有人會帶你去見皇上，記住，一定要交到皇上手裏。」

當那孩子騎上馬，搖搖晃晃的向南行去，馬蹄得得，在我聽來成了這個世界最美妙的音樂。現在，他代替我成了信使，代替我走向了我們帝國喜怒無常的皇上。他代替我去死了。我沒有想到，解下這個包裹竟這樣容易。這些天，這個小小的、要命的錦盒實在把我累壞了。突然而至的輕鬆，讓我有了一種迷迷瞪瞪的幸福感。放眼身邊的山和樹，我發現江南的秋天還是可愛的，那些成熟的漿果散發出的氣味，讓我想到了女人的身體。

傍晚，我在一個林子裏迷了路，黑暗中的林子什麼也看不清，我一次撞在一棵樹上，額上鼓起一個大包，一次掉進獵人挖的陷阱，嚇得魂都掉了。當我費了好大的勁爬上來，我再也走不了了。我的腳崴了，靠著樹幹迷迷糊糊打了一會盹，天色就在樹梢上顯出了桌布一樣的白色。天亮了。

或許是聽到了我的呻吟，一個灰色僧袍的老和尚發現了我。我告訴他我是一個獵人，追趕一隻受傷的鹿，在這林子裏崴了腳。慈悲為懷的老和尚二話沒說就揹起了我，趟著草尖上的露水來到天元寺。後來我才知道，他就是天元寺的住持智藏上人。

實話說，在林子裏的那個早晨，當我看到一角被風吹擺的僧袍向我飄近，我就知道了餘下來的日子該怎麼度過了。我已再也回不到我熟悉的市井，去殺羊，去屠狗，去娶妻育女，但我還年輕，還不想死，天元孤寺可以說是我最好的歸宿了。因此當我在天元寺養好腳傷，智藏上人好幾次暗示我該走的時候，我都沒有吱聲。我賣力地幹活，挑水、劈柴、灑掃庭院、擦拭香爐，一刻也不讓自己閒著。反正我年輕的身體裏有的是使不完的力氣。我努力要給上人一個好印象，好讓他收留我。

一天，上人在蒲團上閉目打坐的時候，我跪在了他的面前，懇求他給我剃度。灰色的光線落在上人的僧袍上，就像是一座石像。上人沉吟片刻，睜開了眼睛，說：「施主，你身上有隱隱的血光，我不敢收留於你，本是紅塵中人，還是返回紅塵中去吧。」

「不，大師，我真的是一個獵人，我心仰佛法已久，懇請大師成全我的夙願。」

「施主頂上的血光如此之強，如果我猜得不錯，你不是一個劊子手，就是一個軍士，現在你已然療好傷，還是速速離開小寺的好。」

上人沒有給我剃度，但也不再急著趕我上路，有時出外做佛事也還帶上我。我在天元寺的生活過得像寺門前的池水，清心寡慾，沒有一點動盪。除了頭上沒有剃去髮，沒有燒上香疤，日子過得和佛門中人沒什麼兩樣。起碼在表面上看來是這樣。一天，我跟上人做完法事回來，在集市的一個攤上看到了一把剃刀。上人已經走遠了，我還盯著這把刀。在西斜陽光的照射下，剃刀的刃片閃著鏽紅的光，這光芒讓人激動。我數出五文錢，買下了那把剃刀。攤主是一個身姿豐滿的徐娘，她笑吟吟地說：「小師父是個俗家弟子吧？」

智藏上人的一臉鬍子，三天不刮就長得老長。上人常常用手去拔，這樣他的腮幫就密佈著坑坑窪窪，自從我來到天元寺，給上人修臉的事就歸我做了。上人的脖子上圍著白綢布護襟，愜意地閉著眼，剃刀滑過他的臉，他的下巴泛著青色。我在給上人刮鬍子的時候，看見了上人上下滾動的喉結，好幾次，我都管束不住手上的刀片向他的喉結滑去。這一次，活兒快要做完的時候，大師睜開了眼睛。

「你聽，那是什麼聲音？」

我以為大師看出了什麼異樣，慌亂地把眼睛移向大殿中央的香爐。香煙嫋嫋，撕得細細的，就像那遠遠傳來的聲音。

「好像是城裏吹響的號角吧。」

「不，城裏的號角傳不到這兒，它更像是有人在吹塤。你聽，這聲音真淒清。」

「淒清？是的……這聲音聽起來讓人止不住想哭，不過生命裏美好的東西不就是讓人流淚、讓人悲欣交集的嗎？」

上人的眼裏流露出了嘉許的神色，但只是一瞬間的事，他又閉起了眼。看得出來，嚮在上人心裏的塤聲越來越激越了，他的眉角一會兒緊皺，一會兒又舒展開來。當他的眉宇間再次出現平坦和明朗時，剃刀像一條魚一般脫開了我的手，鏽紅的光抹向了上人脖子上的喉結。並深深進到了裏面。我聽見四面的牆發出了一聲歎息，這歎息像穿過大殿的風一樣悠長。我嚇了一跳。

上人青筋暴脹的手指著我，看樣子他想說什麼話，他的眼珠也凸了出來。他終於沒有說出話來。他搖搖晃晃地站了起來，又撲地倒了下去，就像一株被蝕空的樹一樣倒了下去。血噴濺出來，我的眼前閃現出了一片紅光。

我披上智藏上人的袈裟。現在我成了天元寺的主持，我的法號慧寂。

這就是我來到天元寺的秘密經歷。

昨晚的風颳了一夜。早晨，透過僧房的花格子木窗，一地都是吹落的槐樹葉，寺門前的放生池也凍得發了白。遠處相量崗的山頂，影影綽綽的是一片雪色。我到佛殿裏焚香。一手敲擊鐘磬、口念觀音經……妙者皆悉斷環，即得解脫，若三千大千，國土滿中，怨賊有一，商種將諸商人，齊持眾宅，經過險路，其中一人作是唱言？諸善子……

佛殿前響起鳥撲喇喇飛過的聲音，我看見念慈走出放生池對岸僵直的青松林，在池邊玩冰。他一隻腳踩在池岸的岩石上，另一隻腳在冰面上小心翼翼地移動。他撿起一塊斷瓦，扔出去，看著它刨下一小塊白色的冰屑然後滑遠。他是那麼用心地做著這一切。然後，他抓住了池邊的一根松枝，懸空一隻腳，在冰上蕩來蕩去。這孩子長大了，但我也越來越猜不透他的心裏都在想些什麼。他白多黑少的眼珠子盯牢我，就好像要把我在天元寺三十年的生活看穿。

一整個上午我都在山房裏打坐，看不見的風，拂弄著頭頂長長的經幡，上下翻飛。長久地盯著寺門外陰沈沈的天空中的一個點，我看見視窗閃過了一道紅光。那是一匹馬的背。我立刻開窗探頭去看。

外面什麼也沒有，只有風捲著槐樹葉。念慈指著牆角草叢一點零星的白，欣喜的說，「師父，夜裏你有沒有聽到下雪？你看，草都白了！」

「我沒有聽到下雪的聲音，昨夜我聽見一匹馬在山下跑，真奇怪，它圍著我們寺轉圈，好像要一直轉悠下去。那是一匹紅馬，好像在許多年以前發生過。」我告訴他。

當我閉上眼睛，它又來了，它紅色的鬃毛在風中飛舞。我說，「念慈，快去看看，它又來了，它正在撞僧房的板壁。」

念慈走到門口四處張了張，回來說，「師父，那不是馬，是風撞動匾發出的聲音。」

黃昏時分，橘紅色的光影穿過瘦瘦的老槐枝幹，在我面前的地下投下一個個光斑。這光斑刺疼了我的眼睛。我又聽見了什麼東西在撞擊僧房的門。或許，那只是我的幻覺？我推開門，看見了它渾圓的屁股。它已經過去了。

「它跑到山那邊去了，你快出去看看，或許草地上會留下它的腳印。」

念慈看著我，他的臉上有著一種奇怪的神色。

一支香的功夫，念慈回來了，「師父，我找遍了前山後山，都沒有找到你說的那匹馬，倒是有一個遊方的和尚，現在寺門外要求見你。」

那匹馬簡直要讓我發瘋了，總有一天我要抓住它。因為有遠客登門，我一下子變得笑容滿臉，一直走到僧房與山門之間的走廊迎接。

遊方僧只有一隻手臂，風灌滿了他空蕩蕩的僧袖，他走了進來，他的臉被日光曬得紅紅的，老遠我就聞到一股北方塵土的氣味。念慈在他前面幾步的地方灑水掃塵，這是天元寺迎接方丈的禮節，我正要喝斥念慈。遊方僧已一步一步跨進了大殿，在佛祖像前行完了三跪拜禮，然後，他好像才記起天元寺有我這個住持，緩緩的向我轉過身子。

我雙掌合什，「大師如何稱謂？」

「貧僧慧寂。」

聽他的話好像暗藏機鋒；「慧寂乃是老僧的法號啊。」

遊方僧哈哈笑了起來，「你我皆非紅塵中人，又皆生於俗世，你叫得慧寂，貧僧就叫不得慧寂？當然我不是你，就如同你不是這天元寺本來的方丈。」

我心中暗驚，唸出一段偈語。「前面是三，後面是三，問和尚共是幾人？」

遊方僧不語，他鷹一般的眼光割開了空氣，好像讓我置身於曠野之中。風吹動袈裟的皺褶，我的腋窩在流著冷汗，他凹陷的眼眶的深處像是有一團火，這團火，喚醒了三十年的記憶。無數蜜蜂從我的耳朵裏飛出來，我的心低低呻吟了一聲。

「好，好，你終於來了。我認出你了，你是那個放羊的孩子。」

遊方僧的笑聲聽起來像哭，「是耶，非耶？多少年了，我已忘記太多的事，我只是一直在找你。」

「這麼多天，我一直在等。我不知道，我等來的會是什麼，一匹馬，還是一個人？等待的滋味太不好受，我都快要發瘋了。」我飛快地說著，「不對，不對，你不是那個人，那孩子給皇上送信，他已經死了。你是鬼，你是一個鬼！」

遊方僧說，「我不是那個孩子了，但我不是鬼，你掐掐我的脖子，你就知道我是不是鬼了。」

我的雙手搭上了遊方僧的脖子，虎口緊緊地卡住。他滿是污垢的領口衝出了一股臭氣。手越掐越緊，他的胸膛急劇起伏著，「你再用點力吧，你現在知道了，我是人，還是鬼？」

雙手悵然垂下。他呼哧呼哧喘息著，沖到我的面前，「你看清楚了，我是鬼。」他的眼裏有一點淚光，「這麼些年，我的日子連鬼都不如。」

今夜，山房的燭光一直亮著，我和遊方僧坐地對弈。我們的賭約是，連弈三局，勝者可以問對方三句話。邊上的桌子，擺著綠茶和幾樣素食糕點。念慈在一旁伺候。

遊方僧棋藝精湛，我不是他的對手。第一局終了時，遊方僧說，「你能告訴我為什麼讓我去送死嗎？」

我沉吟片刻，緩緩說道：「凡人皆有求生之欲。」

他脫去僧袍，露出了斷臂，「皇上沒有砍我的腦袋，倒是砍下了我一隻手。」

念慈吃驚地掩住嘴。燭光無風自動，把三人的影子投向大殿的角落深處。遊方僧的斷臂，結著紫色的血痂。我看著它，彷彿面對的是我的一段罪惡。

「阿彌陀佛！」

「皇上砍下了我的手，又不讓我死了。他讓我陪他捉蟋蟀，鬥蟋蟀，喬裝後到鬧市上去鬥雞，去玩女人，他玩得高興，就更加離不開我，我，一個冒牌的信使，變成了皇帝的寵臣。我位極人臣，享盡了人間榮華。」

念慈聽得雙眼發光。

「他不是一個好的皇帝，但我感激他，因為他給了我無數的錢財，享用不盡的漂亮女人，他讓我明白了什麼是做人的滋味。所以，皇上被胡人擄到北方，我也跟著去了北方。皇上白天給胡人放馬，夜裏在鐘樓打鐘，他白生生的手長滿了凍瘡。皇上對我說，你快逃命去吧。我流淚了，我說，陛下，微臣有幸遇上你，才知人間還有富貴，不然，我還只是鄉下放羊的一個羊倌。皇上什麼都知道。他說，我早就看出來了，只是沒有點破，你不是真的信使，那個理應受死的信使，在半路上逃走了。我大驚，陛下請恕微臣欺君瞞上之罪。皇上說，你不是已經死過一回了嗎，現在的你，早就不是本來的那個羊倌了，你速速離去，找到了那個信使，就捎口信給他，讓他到這兒來找我，我離開沒幾天，就傳來了皇上駕崩的消息……盤纏用盡，世事亦已看穿，我就成了現在這樣子，一個東遊西蕩的野和尚。」

聽得入神，落錯一子，我又全盤皆輸。他開始問第二句話了。

「三十年前相遇，我和小和尚一般大小吧？」他指了指一直站在邊上的念慈。

念慈的眼裏又閃過我熟悉而又陌生的光。

我喝了一口茶，稱是，「他是一個奇怪的孩子，老是沈默寡言，十幾年前我從一個荒村把他抱來。」

第三局，棋勢突變，遊方僧不時撩起僧袖去擦汗滲滲的腦門。他裸著的斷臂如同一截枯枝，似乎不覺夜寒，我一抬頭就能看見斷臂上陳年的紫痂。有一刻，我自己消失了，惻隱之心讓我覺得坐在對面的是另一個我。他冒過險，享受過人間的富貴。現在又回來了。電光影裏斬春風，喜得人空法亦空。三十年在天元寺的生活，我從來沒有像現在這樣感到通體透明，暢如清風。我憐惜地看著他，看著邊上的念慈，我從來沒有像現在這樣愛他們。

遊方僧手執白子，躊躇良久，在棋盤上輕輕叩了三下。

一條黑狗似的影子飛快地向我的腳邊撲來，我的肋骨感到一陣劇烈的疼痛。那是念慈，他的手上不知什麼時候多了一把剃刀，他把剃刀插進了我的腹部。這把小刀好像要立刻致我於死命似的，從胃部左旁使勁地向上移動，直向心臟奔去，鮮血往外噴射。我搖搖晃晃站起來，向前邁了兩三步，想抓住遊方僧的身子。遊方僧側身避過，我雙手抓著一把虛空，無力地撲倒在地，帶翻了棋盤，黑子白子，滾得大殿上滿地都是。

「你輸了，」遊方僧冷冷地說，「現在你該回答我第三句話了。」

風越颳越猛了，夜光下。僧房和大殿前的建築物，在土灰色的院牆中寂靜地挺立著。我撐身坐起，雙手捂著沒入腹部的刀柄，感到又粘又熱。那匹馬又來了。馬粗重的鼻息，噴在我的手上。

「我剛進寺門時你問我，『前面是三，後面是三，問和尚共是幾人』，現在你能告訴我答案嗎？」

我張了張嘴，發不出聲音，血沫隨著嘴角流了下來。我盯著他的臉，眨了一下眼。

遊方僧聳然變容，向我稽首一拜，「大師，我悟了，萬物歸一，一即三，一即天地。」

我撲通栽倒。

那匹馬飛快地遊入我的跨下，我緊緊抓住它的鬃毛，那鬃毛多麼溫暖，像一團跳躍的火。風聲呼呼，我又奔馳在三十年前秋天的驛道上了。道旁的山和樹我十分熟悉，就好像這麼多年來，我一直沒有離開過，沒有停止過在這條路上的奔跑。道路的終點，坐著我們帝國英明的皇帝，他一身金黃的龍袍，腳邊，是一隻黑色的促織罐。

一個雪夜的遭遇

船工阿福解下纜繩，長篙一撐，船就箭一般在水面上射了開去。這時，天已經陰沈下來，不遠處的山巒上鉛色的雲層愈壓愈低，西北風從水面上吹過來，把我那件玄色的大氅吹得呼啪作響。

「呀，下雪了。」阿福抬起頭，驚訝地說。

是真的下雪了。現在下的還只是雪粒兒，像撒開去的鹽粒，又白又密，落在水面上沙沙直響。要不了一會兒，就要下大了。

「少爺，我們還去覺渡山莊嗎？」阿福吸溜了一下凍得通紅的鼻子。

「去，既然出了門怎麼不去？」

河道邊，光禿禿烏桕樹上幾隻寒鴉，聽到響動，它們都哇地飛向遠處的屋舍。這樣的鬼天氣，江上連一艘船也見不著了，那些船家大概都躲到屋裏喝酒、賭博、抱女人去了。船頭剖開水面。兩岸的樹木和村舍漸次往後移去，我自己也不知道，我是在進到一個精心設計好的故事裏去。

進入冬天以來，我住的這地方老是下雨，一般我就很少出門了。城裏那幫熱愛詩歌和女人的朋友就時常趕來陪伴我打發時間。他們在我家的客廳裏高聲喧嘩，一會兒誰得意忘形地朗誦詩作，一會兒誰又抱住一個歌伎狂吻亂摸弄出一陣陣的尖叫。說實話，我不太喜歡我那些被世人稱為名士的朋友，因為他們雖然看起來都一本正經，但總給人一種全身透著假在演戲的感覺。比如說胖子袁竹，他的出名就在於他是一個酒蟲，喝醉了就在當壚賣酒的老闆娘身邊睡得呼嚕直響，誰也不知道他是在吃老闆娘的豆腐還是真的醉了。更可笑的是那個叫嵇小康的，原來他根本不叫這個名字，因為特別崇拜前朝被皇帝斫了腦殼的大名士嵇康改了這個名，還有事沒事的在屋門口的樹下開了一個鐵匠鋪子叮叮噹噹打鐵（因為傳說中的嵇康是一個鐵匠），我們有時去找他，這個冒牌的鐵匠頭也不抬，還煞有介事地說，你們來是聽到我什麼了呀？你們現在又看到什麼了呢？讓人聽了牙根都要發酸。還有那些患有露陰癖的，成天在屋裏不穿衣服光著屁股走來走去，那些吃丹藥吃得通身發綠的……好了好了，不說這些了，總之他們雖然是我的朋友，是世人心目中比較有名氣的一群人，但我一點也不喜歡他們的做派，可以說是從心底裏看不起。因為在我看來他們都是浪得虛名之輩。

正因為這樣，那個下午我一點也沒有想到他們。我是一個正派青年。你要記住你要做一個正派青年。我父親——忘了告訴你他是一個著名的書法家——就是這麼說的。正派就是要真才實學，要有用，所以我要趁年輕多讀一點書，而不能像他們那樣肚裏沒多少貨硬要咋咋呼呼。那天下午西北風一直呼嘯著，我睡了個午覺起來，看到風推著大團的雲飛快地跑過天邊，然後我喝了點熱酒暖暖身子，翻開了我父親要我讀的《招隱詩》。這是好幾百年前一個叫左思的人寫的，裏面的大概意思是說農村是一個廣闊的天地大有作為，這裏有蟋蟀和鳥鳴，有在別處找不著的自由。我不知道為什麼會一下子想到了戴安道。我仔細想了一下，原因可能有三個，第一，我現在是在用一個正派青年的標準嚴格要求自己，要努力讓自己變成一個脫離了低級趣味的人，變得博學一點有用一點，而戴安道正是這樣一個高尚博學的人（而且還風雅）；第二，那首詩是講隱居的，戴安道就是一個隱士，他曾在京城做過一任小官，他曾經說做官是為了讓父母高興，讓父母看到兒子出息了，其實是一點意思也沒有的，所以當他有一天醒悟到自己是在為別人活著時，就把官印掛在樑上偷偷地跑回了剡溪邊上的老家。第三，自從去年在覺渡山莊有過一次宴集，我的確是有好久沒見到他了。所以當侍僕把一封戴安道來的信札交到我手上的時候，我禁不住笑出了聲來。

這封信的開頭，照例是用一些我們這個時代流行的四六駢句描繪了冬天的景色，然後由自然界的一些物象引伸出對朋友的思念，這是戴安道來信的慣常筆法。要不這樣開頭才奇怪了。信的後面出現了一個我第一次聽說的名字，嬌蕊。戴安道在信裏說嬌蕊如何如何的嬌氣，如何如何在他彈琴的時候一下一下地蹭他，不無炫耀的意思。我猜想嬌蕊可能是他新買的一個歌伎，而且還有幾分姿色，不然他老兄也不會這樣得意地向我賣弄了。王兄，你不想一夜之間揚名天下嗎？在信的末尾，戴安道突然顯得神秘兮兮的。我有一個絕妙的辦法，能使你一夜成名，天下無人不識，接信請速來一晤。我認定這又是戴兄弟和我開的一個玩笑，但這封書札卻也使我起了去覺渡山莊的興致。

雪眼見著是下大了，四望茫茫一片，都是白蝴蝶一樣撲落的雪片，連一隻鳥的影子也找不著了。雪落在河面上，落在岸邊枯敗的葦桿上，這聲音細細的，但十分清晰，像春蠶在桑葉上爬動，更顯出籠罩天地的寂靜，這寂靜像一只白色的大包把我們包在裏面了。一主一僕，一江一舟，要是我在自家樓上的窗口看見這樣的雪中景致，我肯定是會吟幾句詩的，可是現在我只是冷得直打哆嗦。出門時還帶了個火盆，現在火盆裏的灰已經冷了，我裹緊那件大氅還是牙齒直打架。船篷外撐篙的阿福倒好，衣服愈脫愈少了，脖子裏還騰騰的往外冒熱氣。

「阿福，還是我來撐幾篙吧，這冷冰冰的艙裏真他媽不是人待的。」我鑽出船篷。阿福把篙交給我。我立在船頭舞動那支長竹竿，不知怎麼搞的，船隻是在江心的溜溜打著轉。

「少爺，你要是實在冷得受不了，就回艙去把我那件布褂子升火取暖了吧。」

其實這時候回去還來得及，這樣我就可以中止這次心血來潮的旅行，這樣我就遠遠地離開了那個設計好了的故事，但那時候我的腦袋好像讓這鋪天蓋地的雪給塞住了，用後來的話來說我是中魔了。

阿福那件滿是汗漬的布褂在火盆裏一點點的變成了灰燼，我僵硬的手指放在火盆上好受多了。我想起剛認識戴安道那會兒，也是一個下雪天。那是在我父親發起的一個以賞梅飲酒為名的宴集上，剛剛辭去了官職的戴兄穿著一身白布袍，自信而又輕鬆。酒喝到一半，他先是彈了一支琵琶曲，彈罷又即席賦了一首詩，然後又耍了一會劍舞，一邊耍還一邊高聲吟唱他新賦的那首詩。當時我看著眼前那團舞動的白影子，心想這真是一個狂放不羈的人。宴席快散時，戴安道再一次讓我父親他們瞠目結舌，他走出亭子，站在雪花飛舞的庭中，摘下枝頭的梅花大口大口的吃了起來，還津津有味的樣子。客人都忍不住笑了，他們看著戴安道就像看著一個瘋子，我父親關心地問他是不是沒有吃飽，戴安道說：「不，先生，我是想讓天地的清氣長久地留在我的肺腑裏。」正是這句話，使我從內心裏把他認作了一個朋友。

天一點點的暗了下來，如果在家裏，這時該是掌燈時分了。照平常的行船，這時候應該離戴兄的覺渡山莊不遠了。可今天，大片大片的雪落到河裏，還來不及化，上頭的雪又蓋了下來，弄得河水都粘稠稠的，我好幾次催促阿福，他都說：「少爺，實在沒法子再快些了，你看這河都快要結冰了。」

我著急起來，「照這樣子行船，什麼時候才好到呢？」

「後半夜吧，後半夜我看差不多可以到了。」

真沒想到這鬼天氣一下子會變得這麼冷，早知道這樣我寧願貓在家裏也不要什麼風雅了。現在我只能靠想像到了以後的情形來給自己打氣，我想像戴兄一定早早就在河邊的碼頭等著我了，因為我的冒雪赴約，他一定會為我們偉大的友誼感動得流下熱淚，然後我們會一起就著火爐喝酒，唸他最新寫的詩歌，各自訴說分手以來的思念之情。而那個嬌蕊（我真想看一看這小娘們到底長的什麼模樣），在一邊擺動著小柳腰給我沏上碧綠的茶……

船到覺渡山莊不知什麼時辰了。靜靜的山莊像是一隻玉色的獅子蹲伏著。抬眼看山是白色的，石是白的，水也是白的，在黑夜裏閃著幽光。總算是到了，我長長地吁了一口氣。

僕人把阿福帶去歇息，把我一個人領到戴兄的書房裏，看得出戴兄十分激動，他一連聲地說沒有想到實在沒有想到，眼裏都噙著隱隱的淚光了，我一下子感到如沐春風。剛才因為他沒有親自來迎接的那點不快，一下就煙消雲散了。僕人端上了酒水，他陪我吃了一點。等到四肢暖和了過來，我的眼睛開始四處搜索打量。

「王兄是不是在找什麼？」他笑吟吟地看著我。

「沒，……沒有。」

「王兄喝酒無味，我給你彈琴解解悶吧。」

他走去撫了一下琴弦，向裏廂喊了一聲：「嬌蕊。」

「嬌蕊？」

我的眼前一花。一隻大白貓蹭蹭地跑了出來，忽地一跳，就跳到了他的腿上。有一會我以為自己看錯了，我揉了揉眼，沒錯，是一隻貓，這只貓狹長的臉看起來就像是一隻狐狸。

琴聲錚錚地響著，我一點也沒有聽進去。我勾著頭，想這就是你說的嬌蕊？那一刻我感到了說不出的失望，它就像冷風一樣滲進了我的身子。

「王兄從琴裏聽出什麼來？」

我報以苦笑。

那隻貓喵地叫了一聲，很解人意的樣子，一下一下蹭著他的主人撒嬌。戴安道剛才還在撫琴的手現在梳理著它茂密的毛。

「你還是問你的嬌蕊吧，他比我更懂你的琴。」

他要麼沒有聽出我話裏揶揄的味道，要麼就是故作不知。

「王兄真的沒有聽出我琴裏傳出的那種無奈？」他踱了幾步，就像在自言自語，「夫人之相與，俯仰一世，……況修短隨化，終期於盡，古人云，死生亦大矣，豈不痛哉！」

我記起來了，這是我父親〈蘭亭集序〉裏的句子。「想不到戴兄你也是一個貪生怕死之輩，活著就活著，死了就死了，生死都是造化，這也值得長吁短歎的？」

戴安道說我並不真正懂得他的意思，他真正在思考的是一個關於永恆的問題。他說這個問題已經困擾了他整整三年。他新近得出的一個結論是，在永恆面前，人的生命都是脆弱的，跟蜉蝣差不了多少。為了向我說明這一點，他舉了一個例子，時間就像是一條河流，而永恆則是大海，我們生活在時間這條河裏，而大海則在離我們十分遙遠的地方（說到這裏他指著空氣中虛無的某處伸手一點，好像那就是他說到的大海），它包圍著我們，但誰也控制不了它，「所以，」他這樣總結上面的這番話——

「人永遠不能穿過時間的河流到達永恆的大海，這是我們最大的悲哀。只有一個辦法能讓我們擺脫蜉蝣的命運，消解掉這種悲哀，那就是成名。」

「成名？」

「是的，成為一個名人，做一個明星，這樣當你在世的時候，就有數不清的美女和錢物來追逐你，而當你的肉體生活的時間消失了，在另外的時間裏，你的名字還將留在人們的口頭上，那也就跟永恆差不多了。」

「想不到這樣一個大雪的夜晚，你找我來竟是為了討論這樣一個枯燥的哲學問題。」我跺了跺凍麻了的腳，「我是想睡了。」

屋外響著大雪壓斷樹枝的劈嚓聲。戴安道雙眼炯炯發光，臉上一點也沒有倦意。

「你就不想成名？我現在突然有了一個辦法，可以使你我一夜之間名揚天下。」

我想到了那些變著法子想出名的朋友，嘴角不知不覺掛上了譏諷的笑，「說來聽聽。」

「那就是請王兄即刻回去。」

我一聽跳了起來。

「什麼，要我馬上回去，你這是什麼意思？你沒看見天這麼暗了外面還下著大雪嗎？」

戴安道走過來，附著我的耳朵輕輕說了幾個字，然後拍拍我的肩膀。

「王兄，只要你照我說的去做，我擔保你很快就能出大名。」

我沈默了。我承認他說出的是一個絕紗的主意，他附在我耳邊說的那幾個字更是只有高人才說得出來，我這麼做了肯定會讓我那幫朋友對我刮目相看。但現在屋外正是大雪紛飛，天又冷又黑，又怎麼回去呢？我猶豫起來。

「王兄，我知道這樣做這個夜晚你太辛苦，但要成名又怎麼能不付出點代價呢？其實這個晚上的你只是乘興去看一個朋友，然後興致盡了，你又過朋友家門而不入，連夜回來了，說出去那是何等風雅的事啊，這樣風雅的事發生在你王兄身上，發生在這樣一個下雪的晚上，又有誰不仰慕呢？此事天知地知、你知我知，又有誰會想到是我們合演的一齣戲呢？」

我去叫醒了阿福，說要馬上回去。阿福沒有聽清，他揉著惺忪的眼，說少爺這黑咕隆咚的我們是回哪兒去呀？回家，我大聲對他說。

戴安道沒有送我，這是我們在書房裏就說定了的，雪下得愈加大了，船篷上都有厚厚的積雪。歸途中，阿福一路都是嘟嘟囔囔的，罵姓戴的不是個東西，他還以為我和戴安道吵了一架才連夜往回趕的。我也懶得跟他說什麼。

船滑行在落滿了雪的江面上，幾乎沒有聲息。江兩邊的山影，也無聲地向後滑去，這情境就像在夢裏一般。奇怪的是我一點也不感到冷，我的身體裏面好像燃燒著一團火，這團火燒得我癢癢的，又想唱歌又想大笑幾聲。我對阿福說：「燒掉的那件布褂子，回去我會給你買件新的。」

到家時天色已顯出了雞蛋清一樣的白。昨天城裏的那幫朋友來找我，我已經坐船走了，他們就在我家裏等著我，幾乎玩了一個通宵。對於我在這樣一個雪天的清晨出現，他們都感到了十萬分的驚訝，還以為發生了什麼事。這一點從他們張得好大的嘴巴裏能夠看到。我吹著呼哨，儘量裝著沒事一般走進去，我邊走還邊輕快地和他們打招呼。

嵇小康結結巴巴地說，「你……你昨天夜裏不是到覺渡山莊，去……去找戴安道了嗎？」

「是啊是啊，幾十里路呢，怎麼一大早就看見王兄回來了？我們哥幾個都以為看花眼了呢。」

我努力把腳步邁得從容些，因為這畢竟是我第一次當著那麼多人撒謊。好了，我終於說出那句憋了好久的話。這句話戴安道對著我的耳朵說了後，就像某種會膨脹的東西一直留在我的身體裏，讓我堵得慌。

「我本來就是乘興而行，到了戴安道的家門口忽然興致盡了，我就連夜趕了回來。」

說出了這句話，我渾身徹底輕鬆下來，「好了，這一來一去的可把我累的，我要好好睡一覺了，你們請便吧。」

胖子袁竹不相信地瞪大了眼睛，「你是說，你沒見戴安道就回來了？」

我想那時候我的臉上一定很無恥。

我是這樣對他說的：「乘興而去，興盡而返，我為什麼一定要見他呢？」

「王兄請，王兄請。」一夜狂歡之後的他們眼睛又紅又腫，然而現在都是那麼專注地看著我，他們對我的父親也從來沒有這樣的恭敬過。他們的眼睛告訴了我，因為我做了一件讓他們吃驚的了不起的事，我已經成為一個了不起的人了。

那一覺不知睡了多久。我醒來的時候看到大雪已經停了，無力的陽光照著窗外的積雪，閃著刺眼的冷光。我剛剛翻身坐起，就聽見前廳喧喧嚷嚷的聲音傳了過來，然後我看見我的父親帶了一大群人走了進來。我父親的眼裏閃動著喜悅的光，我現在看清了，跟在他身後的有胖子袁竹和嵇小康他們，也有謝安、孫綽這些當世名士。「賢侄，賢侄。」「王子猷，王子猷。」他們叫喊著向我的床邊湧來，就好像我是一個英雄。唉，這就是我們這個時代的風尚。

我就是王子猷。我就是那個在大雪的夜晚跑來跑去的王子猷。欺世盜名之徒王子猷。許多年後，一個叫劉義慶的把我那個晚上的事寫進了一本有趣的書裏，那本書叫《世說新語》。書裏寫的與我跟父親和朋友們說的那些沒有多大出入。至於那個雪夜到底發生了什麼，我不說，戴安道不說，我相信誰也不會知道。不知你是不是聽說過雪夜訪戴這句話，說的就是我。是的，這裏我的名字消失了，真正出了名的人物是戴安道，自從我在那個大雪的夜晚上了路，我就一步步的走進了他給我安排好的故事裏去，是的，這是一個殘損的句子，因為它沒有主語，主語被省略了。我就是那個被省略了的主語王子猷。

秘密處決

雨水在褪色的院落裏擰乾自己的舌頭
告訴我，她們仍然會有漫長的慾望……

——狄蘭•湯瑪斯

處決將在半夜時分執行，為了防止洩密，區隊長把地點選在了山腰的一個磚窯裏。秋冬多雨水，磚窯早熄了火，離鎮上又遠，在這裏殺個把人，就算鬧出多大響動也沒人聽見。人犯就像一個布包一樣扔在角落的斷磚堆裏，區隊長把處決的任務交給了米行老闆馬愚，他說，馬愚，你的婆娘還是你來打發她上路吧，這是組織上對你的信任。區隊長給了馬愚一把刀。刀子在幽暗中閃著瓦藍的光，米行老闆馬愚還沒觸著刀柄，就像燙手一般摔開了。他開始轉過身去解褲帶，區隊長定定的看了他一會兒，就帶人出去了。這是一次特殊的處決，所以區隊長決定破例迴避。出去之前他吩咐馬愚，下手狠一點，別讓人等煩了。

窯裏不知哪個角落蟋蟀在叫，聲音一會兒響，一會兒歇。沒有月光，也沒有星星，馬愚還是看見了掛在女人腮邊的兩行液體，亮閃閃的。馬愚想，女人這樣子真惹人疼。他心裏這麼想嘴裏卻說：這事怪不得我，我現在是代表人民處決你，你變成了鬼可別來纏我啊。

女人沒有說話，有話也說不出，為了防止她叫喊，路上就把她的嘴用一根布條勒住了。女人看著面前這個曾經十分熟悉的男人，她看著他在黑暗中笨拙地解褲帶。這條棕絲編的褲帶結的是死結，男人解了好大一會兒才解開。然後他一步步地向她走來。她猜想他要幹什麼，恐懼一下子占住了整個的心。這情形就像很多年前的一個春夜，她躺在鋪著大紅錦被的床上，這個男人吹熄了燈，二話沒說就把身子從衣服中剝了出來，又把手伸向她的腰胯。她不由得夾緊了大腿，又是緊張又是噁心。

這樣的情形不知什麼時候開始的，她一覺醒來，一伸手，該丈夫躺著的地方沒有人。馬愚出去了，在他睡著的時候悄沒聲息地出去了。

女人二十八歲了，馬愚不知怎麼搞的還沒有弄出一個孩子。二十八歲的少婦比十八歲的姑娘更有水色，也更需要自家男人的呵護，但就在她最需要男人的時候，男人卻像夢遊一樣經常在夜裏出去。她懷疑馬愚在外面有別的女人，但沒有親眼看見，只是心裏想想不好說的。像別的女人一樣，她知道男人的身上哪些部位最禁不得碰，一碰就要酥了骨，化了泥。可是馬愚就像成心不想碰她的了，在她羞答答的撩撥的面前也像一個木頭人，拉著長臉說煩不煩，人家在想事。想事？想哪個野女人吧！她背過身去不理他，等著他來哄。但末了總是她把自己的身體貼過去，她想，我真犯賤哪，倒貼他也不要。但身體好像不是自己的了，成心要為難地。裏面像是有一條河，一浪一浪的推她，裏著她，撕裂她，又像有一股讓人情迷意亂的熱風捲著她要往哪裡去。好多次睡夢中，都是馬愚和一個面目不清的女人摟抱在一起，這些夢，和馬愚對她的冷落，都指向一個讓她不敢相信的事實，這就是馬愚在外面養女人了。這真讓她發瘋。

那一夜醒來，馬愚又不在了。南窗進來的月光像水一樣。來到院裏，院門是虛掩上去的，她去插門槓的時候，遠遠的聽到外面咚咚跑動的腳步聲。腳步聲近了，她大著膽把頭探出院門張望，穿過黑暗來到面前的是自家男人馬愚。一身霧水的馬愚看了她一眼，沒有說話，他好像知道她會起來找他。等她關好門走入房間，馬愚已在床上打起呼嚕，衣服也沒有脫，就像一匹跑累了的馬一樣。她看到，馬愚的鞋幫上還沾著新鮮的黃泥。她感到了來自那個看不見的女人的威脅，她決定跟蹤馬愚，看看那到底是一個什麼樣的女人。

她開始在夜裏跟蹤馬愚。她裝作睡得很沉的樣子，一待馬愚起身，就悄悄地跟在他的後面。她很輕鬆的騙過了馬愚，馬愚什麼也沒有發現。他們一前一後，腳步沙沙地掠過草尖，把夜氣凝成的露水都踏碎了。在黑夜裏奔跑給了她一種新奇的感受，黑暗中的景物像是在夢裏，樹樁像人影，河塘發著磣人的光。有月亮的夜裏，她看著自己淡淡的影子，一頭飄動的長髮，就像一個女鬼。馬愚就像一隻警覺的兔子，每次到了鎮西的一堵斷牆後就消失不見了。一個白天，她去了那地方，穿過一大塊蘿蔔地，她看到是一個粉牆黑灰的小學校。十幾個孩子追趕著、奔跑著，後來出來了一個白白的瓜子臉的女老師，女老師把銅鈴搖出叮叮噹噹的聲音，把孩子們都趕到屋子裏。她呆呆地看了好一會兒，女老師穿的是旗袍，底下是掩不住的誘人的起伏。她想，這就是了，男人的魂十有八九是讓這個瓜子臉的狐狸精給勾去了。

馬愚的嘴上不知什麼時候多了一個新詞，革命。他動不動就說這個，就像過去動不動就說日他姥姥一樣。他說，看我不革你他媽的命，不准我革命我偏革命，等等。說得最多的，是一臉不屑地罵女人：革命的事，女人懂個鳥。革命的事女人當然不懂，但男女的事女人懂。女人就很痛心，在心裏罵男人，你現在闊氣了，你革命了，你攀上鳳凰高枝了，你可以不要我了，與你找樂子，就不能讓我解解悶嗎。女人就從那時起迷上了打麻將。搭子是雷打不動的幾個，南貨店的張美鳳，綢緞莊的李太太，唯一的男人是縣政府裏幹事的林先生。女人的麻將打得一塌糊塗，老輸，別的女人要這樣的話老早撅嘴巴了，但她一點也不流露出不高興的樣子。相反，她的心裏還有一種報復了男人的稀裏糊塗的快樂。好像多輸點男人的錢就多了一點快樂。一起玩的人哪知道她肚裏想的，張美鳳、李太太她們拿她當冤大頭，坐在她下手的林先生眼裏就多了一層憐惜的意思來。這層意思她領會不來，張、李兩個都是在風月場上經了許多事的人，哪會看不出來。林先生雖然是有妻室的人，但看他那雙在洗牌的白生生的手，就知道是個勾引女人的老手。這層紙她們成心不去捅破，她們要看看林先生怎樣施展手段，就像看一隻狼怎樣捕住一隻小羊。

有錢人的老婆好像都愛罵男人，有一次麻將打到一半，不知怎麼的就罵起來了。起因好像是李太太的男人要娶二房了。李太太咬牙切齒罵男人的良心讓狗吃了。糟糠之妻不下堂，讓老娘伏侍那個小妖精，呸！李太太說。張美鳳跟著她罵男人沒有一個好東西，拈花惹草水性楊花，吃著鍋裏瞧著鍋外。林先生沒事人一般，咬著拇指粗的雪茄悠閒地著吐著煙圈，就好像他不是男人可以置身事外。女人不敢往林先生那兒望一眼，林先生火辣辣的眼光好幾次把她攔住了，她像一個害羞的女孩一樣低著頭，心口怦怦地跳。響起了林先生的聲音，林先生說馬太太家那位就不錯嘛，生意做得好，也體恤自家女人，馬太太你說是吧？噢，是，不不……女人夢醒一般驚跳起來，她突然委屈得想哭。那次打完麻將，在李太太家吃了宵夜，林先生順路送她回家，站在昏暗的街頭，風吹亂了她的頭髮，她像有一股魔力，逼著她把心裏的不痛快統統倒出來，她斷斷續續地說起了夜間的田野，那所小學校，那個瓜子臉的小狐狸。林先生的眼神十分溫和地罩著她，他說，說吧，把什麼都說出來就好受了。

幾天後，也是打了麻將送她回去的路上，林先生神秘地對她說，現在你不用擔心了，那個狐狸精抓起來了。她很吃驚，哪個狐狸精？林先生笑了，哪個？鎮西小學校那個啊，媽的她是個革命黨。至於跟她接頭的，你男人，馬愚，你說怎麼辦？林先生嘿嘿笑著，遠處射來的燈光使他的臉顯得曖昧不清。女人感到有兩隻濕濕的蒼蠅在臉上爬，在胸脯上爬。

紅臉膛的區隊長又進來了一次，他的口氣明顯的有點焦躁：「怎麼還不動手？」

馬愚像木偶一樣又抬起了腳。因為褲帶沒有了，褲管掉下去纏住了他的腳。他罵了一句什麼，把掉了的褲管拾了起來。他舉著那條棕絲編的褲帶向女人躺著的地方走去，像一個牽線木偶，

女人絕望地閉起了眼，她感到涼絲絲的棕絲繩貼上了她的頸脖，帶著一股男人的汗腥氣。這氣味她太熟悉了。她感到男人硬邦邦的身體擠壓上來，讓她透不過氣來。突然，繃緊的手一鬆，接著，腳上的繩子也鬆開了。她的血液又在身體裏暢快流動了。黑暗中看不到男人，但可以聽到他粗粗的鼻息，聞到他的汗腥味。她一下子還不明白發生了什麼，向黑暗中撈了一把，什麼也沒有。她連滾帶爬，到了倒掉的磚窯的另一側，一下子，她呼吸到了田野上濕潤的空氣。

沒有星，也沒有月光，但還是可以看到不遠處閃著幽光的河。風把河水的清涼氣息吹過來，把水草的腐爛芳香的氣息吹過來。好像在催促她：快跑，快跑！

磚窯洞口起了一陣子小小的騷動，伏在草叢中。她看到紅臉膛的區隊長抬起腳，狠狠一下把男人踢翻在地。他拔出那把刀，瓦藍的刀子在夜色中像一條火煉蛇。蛇頭向他伏身的地方一指，幾個人迅速包抄上來。

她拔腿奔跑起來。因為嘴上蒙的布條還來不及解下，她無法大口大口地呼吸，他感到快透不過氣來了，胸脯快要爆炸了。她的鼻翼張開，迅疾地扇動著，她不知道往哪兒去，只是挺著氣喘吁吁的胸膛，向著沉悶的、刺人的黑暗跑去，好像那裏才是最安全的。她跑得暈頭轉向，翻過了好幾道小丘，她張惶的腳步把草叢裏棲息的蟲們都驚飛了出來。紅臉膛的聲音追上來：媽的，跑得比兔子還快！

這時，她已經跑進了河邊的一個水杉林，她摔倒了幾次，又接著爬起來跑。她覺得身體裏面的血液在回應河水汨汨的流動聲。河水的氣息，河水的流動聲讓她那顆狂跳的心稍稍得以平靜。

剛開始她並沒有覺得河水有多冷，棉襖吃透了水，變得像一坨生鐵，要把她的身體往下拉，雙手就不知怎的划動起來。她很吃驚，自己從來沒有學過鳧水啊。接下來，河水裏好像伸出了一隻隻小爪子，抓撓得她五臟六腑都疼，又好像有無數把鋒利的刀子，刺進肚子裏刺得全身的骨頭都搖晃起來。

她在水裏！

岸上的男人喊，但沒有一個下水。他們順著河堤奔跑，看著河裏那個忽現忽沒的女人。他們要看清，黑色的河水怎樣吞沒她，吞沒這個逃跑的女人。因為她出賣了他們的人。他們的人死了，所以她也必須死。

水流得真快啊，水載著她，她的眼前晃過無數田野上的植物，烏柏樹、玉米桿、老柳樹、紅蓼、羊齒草和狗尾巴草，還有遠處的山影和低矮的屋舍。它們都沒有顏色，它們的顏色就是夜的顏色。紅臉膛他們很快就看不見了。她抱住一塊斜出的石頭，掙扎著上了岸。她趴在石頭上，迎著涼風大口大口地嘔吐起來。吐過後，渾身沒了一點力氣。她辨認了一下四周，很熟悉的樣子，看起來好像過去的哪個夜晚到過這裏，定定神，她上了一條砂石路，她知道，從這條砂石路到鎮上要不了多少時間。她沒命地奔跑起來。

她跑過了鎮口的那棵古槐樹下，跑過了井台、畜欄、小學校的大門，和長長的弄堂。她的影子追趕著她，像某個註定要到來的東西。她現在已經看見了自家店鋪裏射出的燈光。站在門口，她看見男人馬愚躺在床上，他的衣服整齊地疊在床頭，她想，發生的一切，可能都是因為自己得了一種叫夢遊的病，破磚窯、紅臉膛、長滿刀子的河流，田野上的夜奔，都是在一場剛剛醒來的夢裏。現在夢醒了，她又聞到了平凡生活的氣味，混和著泥土、過夜食物的餿味和男人的汗腥的氣味。她向那張床、那個叫馬愚的男人走去。向她熟悉的生活走去。說時遲那快，她的眼前亮起一道黑色閃電，那條棕絲編的褲腰帶（這註定要到來的兇器），像一條火煉蛇從黑暗中飛了出來，纏住了她的頭頸，她來不及呻吟，就軟軟地倒了下去。

兩天後，她的屍體在鎮子西北的一個破磚窯裏發現，頸上纏著一根棕繩，繩扣結得死死的。嘴裏還綁著布條。她的死因眾說不一，最確鑿的一種據說是土匪撕票。她的男人，米行老闆馬愚趕來，哭得暈過去好幾回。他抱著女人下山，臉上露出真誠的悲傷。

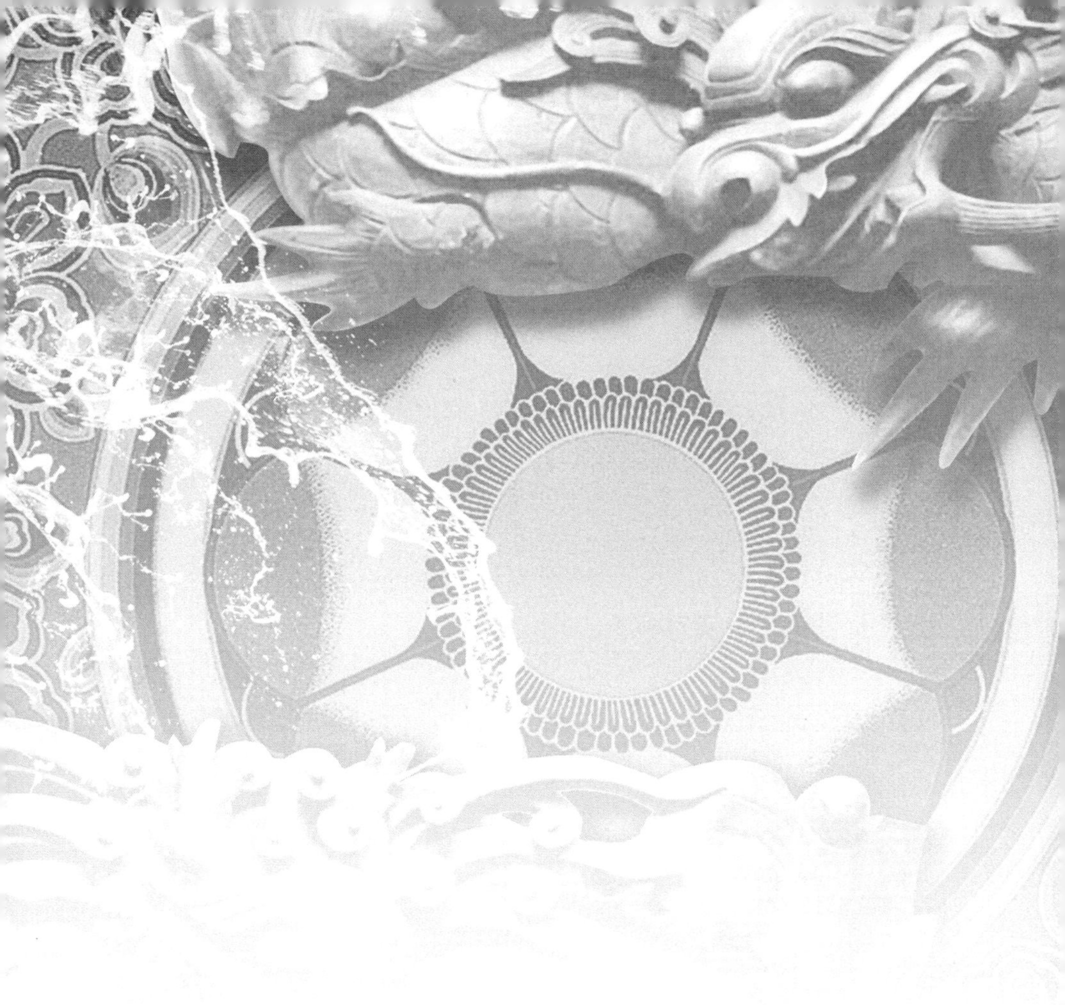

紙鏡子

我的哥哥趙臨安是個作家，最近他正在寫一部關於我們的祖先的小說。在這篇題為〈紙鏡子〉的小說裏，他說我們的祖先趙考古因時運不濟，屢試不第，在萬曆十四年離開家鄉，來到貿縣海邊的一個小村大篙村設館授徒，後來與女扮男裝的門下弟子邱淑真相愛，雙雙逃離大篙村。我說這純粹是瞎編，與史實一點兒也不符。眾所周知，我們的祖先趙考古是明朝天啟三年的進士，在海南瓊崖縣做知縣，他怎麼會出現在地處東部的貿縣那個海邊小村呢？趙臨安笑話我不懂小說，他說小說的真實不等於生活的真實。我說，既然你這個小說寫的趙考古這個人，就要以歷史事實為依據，你歪曲了我們的祖先的本來面目，怎麼還說我不懂小說呢？趙臨安說，你說的不就是族譜上記載的東西嗎？你怎麼能斷定這些東西都是真的？我說，一般，人們都相信這些流傳下來的文字是真實的。趙臨安叫了起來，有誰真的見過趙考古？你沒有見過他，怎麼斷定我們不是他跟那個姓邱的小姐的後代呢？我說，照你這麼說，就不要歷史了？趙臨安說，歷史是要的，但歷史的寫法各各不同，為什麼不能用寫小說的方法來寫歷史呢？我把想像的寫在紙上，我寫出了它們，你就會相信它們是真的。

在這個小說裏，趙臨安還寫到，有一次，他為了核實小說寫到的地名，趁一次出差到貿縣的機會順便去造訪了大篙（這時的大篙已經是一個以旅遊觀光出名的東部小鎮了）。他說，到了那個地方，看了那裏的河流、房屋，聽到那兒的人說話的口音，他感到一種說不出的親近，好像自己幾百年前就生活在這個地方似的（讀到這裏，我想小說家實在都是一些很矯情的傢伙）。更讓我不能容忍的是，他說他一進大篙鎮，那裏的人似乎都跟他很熟，老遠地就招呼他，他們喊他，喊的卻是我那個祖先趙考古的名字。

這怎麼可能？我又提出了疑問。這一回趙臨安沒有爭辯，他笑嘻嘻地看著我，說，我發現你是抱著很大的成見在讀這個小說，你把所有的疑問放到最後讀完了這個小說再向我提吧，不過這件事你既然現在提出來了，我就告訴你，這是一件千真萬確的事，它就發生在夏天，我寫這個小說的那段時間。

趙臨安說，今年夏天，他應貿縣文聯的邀請，赴貿縣做過一次關於小說創作的講座。他說，講座是在文化宮的一個俱樂部裏舉行的，那天同時在那兒還有一個人在講傳銷。趙臨安說，那天下午來聽我談小說的寥寥無幾，聽了也沒有什麼反應，坐在下面的那些人裏，幾乎找不出一個稍有姿色的女孩子，而隔壁一個講證券的會堂裏，進進出出的都是一些很帥的小夥兒和漂亮的女孩兒，會場氣氛熱烈，還不時響起伴隨著尖叫、跺腳、拍掌的大笑。那邊的熱鬧和這邊的冷清形成了鮮明的對比，一陣陣的笑聲好像是在嘲諷我。「在這麼一個地方談小說，我覺得自己實在是傻瓜一個，」趙臨安指著腦袋對我說，「如果不是我這裏出了問題，就是他們都出了毛病，你怎麼也想像不出，我是怎樣硬著頭皮講完的。」

趙臨安繼續說：結束講座，還只三點多鐘，我住進了他們安排的貿城飯店。一開房門，我就迫不及待地衝進了衛生間，肚子痛得厲害，可能是中午吃多了海鮮的緣故。房間裏找不出什麼讀物，就一張《貿縣日報》。我翻著報紙，突然一行黑體標題跳了出來：大篙鎮發揮資源優勢加快旅遊產業化進程。這則消息之所以引起我的注意，原因不說你也知道了，是因為大篙這個地名。我正在寫的小說〈紙鏡子〉的主人公，四百年前我們的祖先趙考古，就曾經生活在這個地方。在小說裏我不止一次想像過的地方，想不到現在就在眼皮子底下。而且我知道，大篙離縣城也就半小時的車程。這樣，當我走出衛生間，就打定了主意去大篙走一趟。我估算，一來一去，再加上在那兒逛個把小時，回到這兒正好趕上晚飯。

車子在駛向大篙的途中遇到了一場雨。這場雨來得很急，事先一點兒沒有預兆。豆大的雨點打得車窗錚錚作響，四下的田野白茫茫一片，幾乎什麼也看不見。車子開亮了前燈，繼續在雨中行駛，就像在風雨大作的海上飄啊飄。同車的人一點兒也不驚慌，他們說，夏天，海邊經常下這樣的大雨，一會兒就會停的。果然，車到大篙，天上又出起了太陽。奇怪的是大篙的街道乾乾的，一點也不像下過雨的樣子。

從趙臨安的敘述裏，我看見了這個海邊小鎮：鹹澀的海風打著呼哨，在一幢幢漂亮的貼著白色小方磚的商品樓之間竄來竄去。街道很整潔，盛夏季節也沒多少遊人，邊上的行道樹還沒人高，看樣子還剛種上去。這是一個新興的海濱小鎮，它的歷史至多不會超過三年。以一條河為界，河那邊是老鎮，灰灰的屋脊，舊牆門，老樹，和破敗的老街，一些閒散得幾乎生活在時間之外的人在街角走來走去。從他們斜拉在地上的影子來看，我斷定時間是下午四點左右。臨河的一溜平屋裏走出人來，扛著桌子、凳子、煤氣灶，紛紛在河邊支起了尼龍袋織成的蓬子，張羅開了海鮮小吃攤。就在這條長長的小吃街上，趙臨安出現了，行跡可疑，東張西望，在每一個小吃攤前都要停上好一會兒，他這模樣既像個好奇的旅行者（但他光著雙手），又像是東嗅西聞的小報記者。他走來的方向正對著西斜的太陽，光線的緣故，他的臉上凹凸著一塊塊的明暗。趙臨安說，他就是走在河邊的這條小吃街上時突然感到心裏被什麼撞了一下，眼裏滾出了淚花。他看著波光跳躍的小河，看著這充滿著油煙味和魚腥味的老街：一個中年男人在河邊磨刀，霍霍，石頭已經讓刀刃吃出了一個月牙，那一邊，一個婦人蹲著在洗一條剖開了的魚，她俯身下去，胸前的兩隻白晃晃的奶好像要跳出來。還有一個老頭，敞著懷，坐在樹蔭下，喝一口酒，閉一會眼，悠閒自得的樣子。趙臨安心裏呻吟了一下，裏頭好像有一枚刺緩緩轉動著，他對自己說，這一切為什麼這麼眼熟呢？就像昨天剛剛來過，就像一輩子就住在這裏，廝混在這群街坊們中間一樣。趙臨安接下來的描述詞藻繁縟，就像一篇時下報紙上流行的應景散文：

這時，西沉的太陽正放射著最強烈的光，它就像一個註定失敗的勇士在最後一刻突然爆發出驚人的力氣，變得像剛出爐的鋼汁一樣灼目。陽光跳躍在河面上像一隻隻金色的旋轉的酒蟲，陽光照耀著街角的古槐樹，上面的葉片像一隻隻振翅欲飛的金色小鳥。是的，整個舊鎮是金黃金黃的，井口，石階，草垛，煙囪，甚至跑過的狗都是黃燦燦的。那些人也是，他們的臉泛著黃銅的光澤。整個的畫面就像是一張年頭已久遠的照片發了黃，但它又沒有那麼昏瞑、模糊，這裏的光線是明亮的、幾乎透明的。

趙臨安說，當他快要走到這條街的盡頭，開始有一些人三三兩兩地招呼他。我插嘴說，那是開小吃攤的招徠顧客，他們都是人來熟，不認識的也可以哥哥大爺地叫得很親熱。但趙臨安堅持說這些人好像都認得他，聽他們的口氣不像在拉客，再說招呼他的不全是開店的，不可能人人都來拉他的生意。「他們不光認得我，而且看到我出現很吃驚。」趙臨安說，「他們的口氣都一個腔調，他們問我的第一句話幾乎都這樣的，你又回來啦？還有一些人在我走過去後對著我的背影指指戳戳，我沒法聽清他們在說些什麼。」

作家趙臨安有一陣子感到了強烈的虛無，他覺得走入了自己想像出來的世界。他在想像中創造了這條老街，和街上的人們，現在，這條街上的生活（它就像一面鏡子）映照出了他內心惶惑。這不是沒有可能的。他怔怔地立在當街，想著，現實和想像哪一個是真的。他還努力地回憶，自己到底什麼時候來過這裏。他越是回憶，大腦裏越是空白。最後他故作輕鬆地對自己說，他們可能是認錯人了，把我認作了另一個相貌相像的人。但另一個人，那個相貌和自己相似（酷似）的人是誰呢？他突然感到一陣暈眩。

趙臨安抬頭看天，突然感到有點異樣。那一輪白花花的大太陽，不知什麼時候竟不見了。西邊的天空沒有雲，它不可能被雲遮住的。原本懸著太陽的那個地方，好像有一張巨大的吸墨紙，把所有的光線都吸了去。再看看旁邊，樹木、房屋和人都變得影影綽綽的，好像黑夜一下子提前降臨了。再接下去，他看見鎮上的人們都和自己一樣，抬頭看著天，有的還戴著墨鏡，舉著塗黑了的毛玻璃。哦，是日食。他對自己說。他奇怪自己怎麼從來沒有聽說今天會有一次日食。現在唯一的解釋是，當他踏上此地，時間有它自己的秩序，這裏會發生些什麼外界沒法猜測。他在黃昏般的昏暗中走進了路邊的一家小酒店。

趙臨安的敘述裏出現的那個小酒店，我可以想像它的模樣，它們一般都臨著街，門面逼窄，而且骯髒，裏面很暗。他一掀開竹簾進去，酒保就點頭哈腰地迎上來，問他要什麼，他其實只是渴得厲害，想討一點水喝，但酒保一臉的期待讓他很難開口。酒保突然拍了一下自己的腦門子，哎呀了一聲，說，我該死，我怎麼可以忘了趙先生你每次只喝糯米清酒的呢。他朝著內間扯著嗓子喊：一碗糯米清酒，一盤鳳翅！酒菜很快端將上來，趙臨安喝了一大口，好像吞進了一隻火球，身體裏火辣辣地燒灼起來。他拼命地咳嗽，背都弓了，四下裏響起了竊竊嘎嘎的笑聲。原來那些暗不溜秋的地方，坐的都是酒客。

一個臉上有刀疤的酒客拍拍他的肩，擠著眼說：「趙考古你好功夫，說是來教書的，帶著我們大篙最漂亮的妞兒跑了，這大半年的，你們在哪裡做神仙夫妻？」

還有一個面相猥瑣的，從牆角搖搖晃晃湊過來，一張嘴就是嗆人的大蒜味和酒臭：「怎麼樣，邱小姐不錯吧，聽說你把她肚子都鬧大了？真有你的，兄弟佩服，佩服！」

這當兒，黑暗裏跳出來一個聲音：「他拐跑了邱家的小姐，害得老太爺兩腳一蹬歸了西天，還好意思和我們坐在一起喝酒，我們要不要揍他？」

「揍他！揍他！揍他！」

「不，拿酒灌他，一定要把他灌倒！」

酒順著他的嘴巴流下來，胸口全濕了。他兩手護著臉，蹲在地上，喊：「放開我！你們一定搞錯了，我不是趙考古，我不是你們說的那個人！」

他的舌頭好像大了一圈兒。他自己都沒聽清在喊什麼。他倒下了，身下全是吃剩食物的殘渣。那些人拍著手喊：「他醉了，醉了！」

真真，我的慾念之火，我生命中的靈光，我的愛。在你十六歲之前大宅院的生活中，你是邱淑真，是邱老太爺的掌上明珠，是下人們口裏的大小姐。但當你拿著素花描金小箋上的一卷詩第一次出現在我面前，你是我唯一的真，真——真。趙臨安這個叫〈紙鏡子〉的小說是以這樣一種奇怪的方式開頭的。在小說的前面兩大張紙裏，他一直用第一人稱的方式，瘋瘋癲癲地敘說著主人公趙考古對邱小姐的愛情。同時在紙上出現的還有春天到來時的景色描繪，教館裏淒清苦悶的生活的描繪，和每次赴考落榜後的絕望心情。字裏行間充滿著一個不得志的書生對社會的不滿，對未來不切實際的幻想，和對女性近乎病態的迷戀。

小說寫到落第士子趙考占與邱淑真的第一次見面，有一種陳腐氣息的浪漫。趙來到大篙教書，像一個真正的名士一樣倨傲，他有一個習慣，每天給童子們散了學，就一個人來到海邊，像一個瘋子一樣念念有詞。後來，邱出現了，邱是大戶人家的小姐，雖然這裏的鄉風雖然淳樸，但一個女孩子家是斷斷不好與陌生人交往的，於是她扮成了一個俊俏的後生。邱是攜著一卷詩稿來找趙切磋詩藝的，照她自己的說法是來拜師。但那卷素花描金小箋差點兒暴露了邱真正的身份，幸好趙沒有注意，只是以為這是一個有點兒脂粉氣的男人。

在小說篇幅過半時，邱表明了自己真正的身份。這時他們已經撮土為香，義結金蘭，彼此以兄弟相稱。可以想像趙在最初得知這一消息時的驚愕、驚喜。邱小姐還填了一首〈釵頭風〉表明了自己非君不嫁的決心。隨後情節的轉折也在我們料想之中，他們遇到了頑固的邱的父親的堅決反對。這個以吝嗇出名的鄉紳認為把女兒許給一個窮教書的，實在是辱沒了門庭。在幽會、偷歡、要脅、尋死覓活、雞犬不寧後，這一對為愛情瘋狂的男女終於在一個大雪的晚上雙雙逃離了大篙村。

他們逃亡的路線先是向南，南邊是趙考古的老家，然後在快要接近時突然折向西行。之所以這樣，小說隱隱約約寫到，是趙考古擔心邱家一得知消息就會找到他老家要人。為避耳目，他們晝伏夜行，終於在杭州灣邊一個叫臨山衛的地方，找到一個廢棄的磚窯暫時安頓下來。這時已經是春暖花開的三月了。河面上再也沒有了絲絲縷縷的薄冰，路邊的野花也已在招蜂引蝶。小說竭力渲染他們在破窯裏的生活的歡樂氣氛，把布衣粗食的日子描繪得像世外仙境一樣，敘事在這裏顯得跳躍而又明快。但好景不長，照趙臨安在小說裏寫的，終止他們這一時期生活的，是倭寇的一次大規模的入侵燒掠。倭寇放火燒毀了整個村子，他們躲在窯外的草叢中，才撿得了性命，但邱淑真從家裏帶出來的一點兒首飾和用剩的銀兩被洗劫一空。

這時的邱淑真已經有了身孕。吃了那麼多苦，這個打小起就嬌生慣養的大戶人家的小姐變得蓬頭垢面，跟一個農婦差不多。她腆著一天比一天大起來的肚子，跟著趙考古過著那種動盪不安的日子。要命的是，破窯洞裏的那段生活使她得了嚴重的風濕，發作時幾乎走不了路。有時，趙考古看著她臃腫不堪的身體和虛胖的臉，會為自己和她廝守在一起覺得荒唐，甚至會生出逃離她的念頭。一當這樣的念頭閃過，他就在心裏罵自己是個畜牲，是個沒情沒義的卑鄙小人，在一種噬咬著內心的罪惡感中，他一遍遍地祈求神明的原諒。為了掙幾個小錢，趙考古做過割稻客，在鼓吹班裏吹過嗩吶，還做過為死人裝殮的活。隨著邱淑真的肚子一天天大起來，他為錢愈加犯愁了。小說寫道，邱淑真分娩的日子將近，他終於下定了決心去找邱老太爺。他把邱淑真安置在了一家客棧裏，託客棧的嬷嬷照看，自己連夜向大篙村進發了。這時的敘事變得像一個熱病患者的夢中譫語：

我已經走了七天了。這七天裏，我的衣服和頭髮裏全是塵土。現在我終於聞到了從大篙方向吹過來的大海的氣息。我知道，順著這鹹澀的氣味的指引，要不了兩天我就可以到大篙了。大篙，那是我們的愛情生長的地方，那裏有我的教館，有跟我學詩的童子，大半年前我憎惡這地方，現在我卻在馬不停蹄地趕向那兒，人生就是這樣一次次無奈的出逃與返回，細細想來，這整個的世界和人生充滿著荒誕。馬不停蹄的憂傷啊，你能告訴我前面等著我的是什麼？

這一天，我走入了一個黑樹林。且慢，樹林怎麼會是黑的呢？那是因為暮色將至，整個天地都已被黑色的帷帳籠罩。但適才我還在樹林外時，太陽還有一竿子高，難道那麼幾腳路時間一下子就到了晚上？頭頂夜梟哇哇地叫，像夜啼的小孩。一株株樹立得筆直，像晃動的人影，由於辨不清方向，我在樹林裏亂竄，臉讓樹枝劃破了，汗水一漬，痛得鑽心。我聽到遠處傳來敲打銅鑼和臉盆的聲音，鏜鏜鏜，天狗吃太陽啦！——我循著聲音的方向找去，可是它好像一隻鳥一樣撲楞楞地張著翅膀在樹林子裏飛，我累得直喘氣也找不到樹林的出口。我覺得我是在一隻紮緊了口子的袋子裏瞎忙活，再這樣下去，出不去不說，我可能還要累死在裏面。真真，那一刻我知道了什麼是絕望，那是一隻追趕著你的巨獸呀，你越是害怕，它越要逼近你。真真，我從來沒有比現在這個時刻更需要你，我念著你的名字，你的面容就像一盞光明的燈在我腦海中升起。我說，老天，難道我趙考古真的要葬身在這個黑樹林裏嗎？如果不是，神靈啊，你就顯靈，讓我找到出口走出這個黑樹林吧。如果我能活著走出去，我一定會跪在邱老爺的面前，求他原諒我們，求他收留我們，如果他不答應，我會一直跪下去，我會一遍遍地磕頭，直到磕出血，如果他打我這邊臉，我會把另一邊的臉也轉過來讓他消氣的。我不斷地祈禱，以我們神聖愛情的名義，以我們還沒有出世的孩子的名義。我的喉嚨冒煙了，聲音也越來越微弱。奇蹟出現了！無邊的黑暗像一縷煙似地消去了，我發現自己站在一條官道的岔口，西斜的陽光照在塵土飛揚的官道上，像塗上了一層黃燦燦的金箔。啊，真真，你不會知道那一刻我是多麼的狂喜，我流下了感恩的淚水，我們得救了！

大篙，久違了！你的河流、房屋、樹木，你高高的土坎和灰色的牆院一次次在我逃亡時的夢境中出現。我走在大篙的土街上，海風吹來，我汗濕的身子都快成了一條鹹魚乾。我實在是渴壞了，我多想喝一杯水酒或者吃一個西瓜，但我捂緊口袋裏最後幾枚小錢不捨得把它們用出去，那是我和真真的活命錢呀。我看到臨街過去常去的一個小酒館裏，一夥酒客正揪住一個人，拿酒拼命灌他。他掙扎著，酒四濺開來，空氣裏的酒香像一條條小蟲子鑽來鑽去。後來，他沒命地吐了，軟倒在桌子底下。這惡作劇，這狂歡的氣氛我太熟悉了，在大篙教書的日子裏，一年中有大半時日，我過的就是這種醉醒不分的生活。我突然發現，我還是喜歡這種平常的、有著很重的煙火氣的生活的。這條街快到盡頭，突然湧過來好多人。他們白衣白帽，舉著白幡，哭聲震天，不知哪一家死了人在出殯。長長的隊伍走過我面前，那是一隊沈默的面孔。突然人群中一個聲音喊道：就是他，氣死了我家邱老爺，抓住他！揍死他！那一隊沒有表情的面孔突然轉向我，無數的眼睛像一把把鋒利的刀子向我刺來。我像被他們攆著的一隻狗，沒命地跑起來，真真，我們完了，老天懲罰我們了，這就是我們一段孽緣造成的呀！我一邊跑，一邊止不住的眼淚像斷線的珠子落進草叢裏，我不知道是為死去的邱老爺哭，還是為我們暗淡無光的前景而哭。我就這樣跑呀，跑呀，我現在只有一個念頭，那就是快快回到你的身邊，回到我們棲身的客棧裏。

可是……可是我看到的是什麼呀？那幢高大的木頭房子難道被一陣風吹走了嗎？我的真真呢，客棧裏的嬤嬤呢？難道我又走入了一個夢境？遍地的瓦礫堆裏，那些燒焦的木頭還在冒煙。我沒命地跑過去，雙手亂扒著，一邊哭著喊：真真，我的真真呀！手指頭流血了，露出了白森森的骨頭，可是我一點兒也感覺不到痛。一定又是倭寇幹的，這幫狗娘養的！我罵啊，哭啊，心裏充滿了仇恨，可又找不到落下去的地方，一雙手只是在灰堆裏扒呀，扒呀。真真，我發誓，如果你死了，我也不活了，那個燒焦了的門框上掛一根繩子剛好合適。感謝上天，在我快要絕望的時候又把你送回到了我身邊，我看到遠遠的土牆外走來了你們，你和嬤嬤，嬤嬤攙著你，你抱著我們剛出世的孩子，你那模樣真像一株草一樣纖弱。我沒命地跑過來，我抱抱你，又抱抱我們的孩子，我都不知道抱哪一個好了。我的眼淚和鼻涕全都塗在了我們孩子紅紅的小臉上。

我虛構了趙臨安這個傢伙，讓他來講述這個故事，是基於這樣一種考慮：今天寫小說，再也不能像過去那樣，讓主人公信心十足地講述自己的故事。這種老套的講故事方法已經過時了。我找到了作家趙臨安來做故事的敘述者，就把自己放到了讀者的位置上去，這個位置無疑要安全得多。但現在，我發現趙臨安在敘事的中途迷失了方向，當他把現實中的大篙之行寫進故事，和小說主人公為了愛情的逃亡並置在一起，整個小說變得雲山霧罩，講故事者和小說裏的人物有時好像是各行其道的兩個人，有時又好像是行走在不同時空裏的同一個人。現在該是我出場的時候了。

和虛構出來的趙臨安一樣，我也是一個小說家。只不過我不太贊同趙臨安對小說的那種看法，他認為小說就是一個人敘述自己的想像，並且講得像真的有那麼回事一樣（我把想像的寫在紙上，你就會相信它是真的）。我不這樣，我依賴經驗，就像一個哺乳期的女人離不開孩子一樣。而且我可以告訴你，我寫作這個小說的兩個直接的來源，一是納博科夫的中篇小說《吻》，一是光緒年間修的《餘姚縣誌》〈鄉賢篇〉的趙考古條。我現在要續寫這個小說，有一個現成的偷懶的方法，相信這一點你也看出來了，這個託名趙臨安敘述的故事就像一棵樹，它在往上長的時候形成了無數個新的生長點。我現在要做的只需讓那個小酒館裏睡死過去的傢伙醒來。如果我現在讓趙考古和講故事的人在時空的某一個交叉點上相遇，讓他們合二為一，相信你是能接受的，而且會認為這是一篇還不錯的小說。但這樣的小說不是我喜歡的那種（理由前面已經說了），這樣的小說充其量只是一個二流之作。

我面臨著一個選擇，要麼把這些紙揉爛了扔進字紙簍去，要麼在一張白紙上重新開始講這個故事。那麼現在能做的只能是重起爐灶了。我拿一塊橡皮擦，在紙上一點點地擦去趙臨安，他臉上的五官，他的手、腳，他坐的車子，途中的大雨，一次次的爭論；

我還擦去了那個叫大篙的海濱小鎮，那兒黃銅般的太陽，那兒的老街和人群，還有那兒發生的一次日食。最後剩在紙上的是四百年前赴試不中的趙考古，一次次的考場失意使他面色如灰，但他一雙深凹的眼裏燃燒著狂熱和倔強的火焰。在紙頁的翻動中，他垂著頭，騎著一匹南方的小黑驢，正在趕往一個叫大篙的海邊小村。天空低迷，秋風亂草，他生命中註定要出現的那個女子，此時還在數十里外的閨樓上繡一對戲水的鴛鴦。命運已經安排了她，要在三個月後的一個大雪之夜與一個窮教書的開始他們的逃亡之路。但她現在還不可能看得我那麼遠，那麼清楚。她聽到窗外有嗤嗤的聲音，還以為誰在笑她的活兒做得不好呢。她撩開簾子，風吹過紙張，像一聲歎息那樣輕，吹開了她的紅色帳幃。這時，我讓那個騎驢的男子及時地出現在她的視野裏……

那麼誰是我，我又是誰呢？

跋

寒夜，等待著雪的消息，開窗關窗不知凡幾。雪未至，卻等來了臺北的一紙電郵。鄭伊庭先生在郵件中告訴我，「以當代口吻還原歷史現場」的小說《萬鏡樓》已評估完成，年初將由秀威出版。

有一剎那的出神，我還以為這世上另有一個趙柏田，他和我一樣以煮字為生，泅渡著一個個有雪或無雪的夜晚。也或許，我是一個時光旅行者，提前接獲了這封發自未來的信函？

感謝出版人薛原先生和海峽對岸的著名學人蔡登山先生，讓這本小書走到了公眾面前。

即將過去的辛卯年歲末，因網路上流傳的一張造型兇悍的龍年郵票，我正困擾於「歷史性偏頭痛」（羅蘭・巴特語）。倒不是糾結於這幅透出騷動不安氣息的「壬辰龍」外形酷似一八七八年的大清龍票，而是悚然心驚於一百多年過去了，歷史的列車還是在環形車道裡打著轉。那病蟲般張牙舞爪的模樣，如同遊蕩不去的民族主義幽魂，還真把我嚇著了。這哪是雍容、自信的「龍」，分明是千百年來一直壓在我們自己身上的那條吸血蟲。

對於以歷史寫作為職志的我和我的同道們來說，把歷史當作一道食糧也罷，一副神聖的毒藥也罷，都意味著，我們是歷史的啖食者，也是見證者和祭獻者。

這些文字，即是前行途中一次小小的獻祭：先是吞噬歷史，然後反芻歷史。

三十年前，當我還是一個懵懂少年穿行在家鄉餘姚城——那是王陽明出生並度過人生初年的小城——的石板弄堂間，我就想著，總有一天我要為陽明先生寫一部書。歷史，過早地成了我生命中的一個原核。過了四十歲，我部分地償還了這個願望。在二〇〇七年中華書局出版的拙著《岩中花樹》中，我這樣說道：「歷史小說——如果有這樣一種文學樣式的話——並不只是小說家用他那個時代的方法去詮釋過去年代的人和事，它更重要的責任，乃在於把握、甚至創造一個內部的世界。」

這種向內的把握和重建，在我還沒有以歷史寫作為職志之前——那時我是正趨向沒落的先鋒小說的一個附驥尾者——就已經在中短篇小說寫作中先驗地坐實，後來的研究和寫作不過是這初聲的一個迴響。

收入本集的七篇小說，七則故事，主人公們從歷史的底部浮上這個喧囂的時代說話：一個追慕畫道的青年在對大師徐渭的尋找中遁形於一幅畫中；一個在夢境和香料中營造精緻生活的明朝作家；一個年代莫辨的復仇故事；一個對《世說新語》經典故事的後現代嘲諷；一場綿延了一個女人一生的秘密處決；一個詩人的前世今生；講故事的人與故事中人在時空的某一個交叉點上邂逅相遇又合二為一……

循著草蛇灰線，其本事或可一一追溯、考據到徐渭、陳獨秀、蘇曼殊、董若雨、王子猷……但讀小說的自由或在於用不著一一拘泥，羚羊掛角，象由心生，他們不過是心靈世界的一個幻象。也正因為此，歷史呈現出了第二個維度，一個由智力活動構成的全景式維度，歷史寫作也從勞役一躍而成為了一場歡慶。

感謝鄭伊庭編輯為此書出版付出的辛勤勞動。感謝最初發表這些作品的編輯同仁們。

趙柏田

二〇一二年一月六日，初雪之日午時

於寧波

釀文學　PG0735

萬鏡樓

——趙柏田短篇歷史小說

作　　者	趙柏田
主　　編	蔡登山
責任編輯	鄭伊庭
圖文排版	楊尚蓁
封面設計	王嵩賀

出版策劃	釀出版
製作發行	秀威資訊科技股份有限公司 114 台北市內湖區瑞光路76巷65號1樓 電話：+886-2-2796-3638　傳真：+886-2-2796-1377 服務信箱：service@showwe.com.tw http://www.showwe.com.tw
郵政劃撥	19563868　戶名：秀威資訊科技股份有限公司
展售門市	國家書店【松江門市】 104 台北市中山區松江路209號1樓 電話：+886-2-2518-0207　傳真：+886-2-2518-0778
網路訂購	秀威網路書店：http://www.bodbooks.com.tw 國家網路書店：http://www.govbooks.com.tw
法律顧問	毛國樑　律師
總 經 銷	聯合發行股份有限公司 231新北市新店區寶橋路235巷6弄6號4F 電話：+886-2-2917-8022　傳真：+886-2-2915-6275

出版日期	2012年7月　BOD一版
定　　價	180元

國家圖書館出版品預行編目

萬鏡樓-──趙柏田短篇歷史小說 / 趙柏田作. -- 一版. --
臺北市：釀出版, 2012.07
面；　公分. --（語言文學類）
BOD版
ISBN　978-986-5976-04-0（平裝）

857.63　　101002914

讀者回函卡

感謝您購買本書，為提升服務品質，請填妥以下資料，將讀者回函卡直接寄回或傳真本公司，收到您的寶貴意見後，我們會收藏記錄及檢討，謝謝！

如您需要了解本公司最新出版書目、購書優惠或企劃活動，歡迎您上網查詢或下載相關資料：http:// www.showwe.com.tw

您購買的書名：______________________________

出生日期：________年________月________日

學歷：□高中（含）以下　□大專　□研究所（含）以上

職業：□製造業　□金融業　□資訊業　□軍警　□傳播業　□自由業

□服務業　□公務員　□教職　□學生　□家管　□其它_____

購書地點：□網路書店　□實體書店　□書展　□郵購　□贈閱　□其他

您從何得知本書的消息？

□網路書店　□實體書店　□網路搜尋　□電子報　□書訊　□雜誌

□傳播媒體　□親友推薦　□網站推薦　□部落格　□其他__________

您對本書的評價：（請填代號　1.非常滿意　2.滿意　3.尚可　4.再改進）

封面設計____　版面編排____　內容____　文／譯筆____　價格____

讀完書後您覺得：

□很有收穫　□有收穫　□收穫不多　□沒收穫

對我們的建議：______________________________

____

____

____

請貼
郵票

11466
台北市內湖區瑞光路 76 巷 65 號 1 樓
秀威資訊科技股份有限公司 收
BOD 數位出版事業部

（請沿線對折寄回，謝謝！）

姓　　名：__________ 年齡：______ 性別：□女　□男

郵遞區號：□□□□□

地　　址：__________

聯絡電話：(日) __________ (夜) __________

E-mail：__________